甦った田中角栄日本ゼロ計画

山嵜寿郎

合同フォレスト

目次

第一章　帰ってきた「田中角栄」!!

それは桜舞い散る入学式から始まった

柔らかい風が吹いて、すっかり散ってしまった桜の花びらを舞いあげた。

木々を揺らしながら、桜色の嵐が通り過ぎる。

長い髪の毛を押さえながら、五十嵐スミエは風の行方に目をやった。

今日のために買ってもらった紺色のスーツ姿は、まだどこかぎこちない。平均より低い背と、そばかすの散った顔、大きな黒い瞳とやや茶色い髪の毛をポニーテールにしているところは、かわいらしいリスに見える。

ふと、声がかかる。

「あと一週間早ければねー、満開だったじゃん。インスタにあげたら、めっちゃイイネがもらえたのにさー」

スミエが顔を上げると、そこには細面にすっと通った鼻、青みがかった瞳が見えた。友人の森丘セイラはいつ見ても、美人というより幻想的に見える。ベージュのパンツスーツが長身に映えて、スタイルの良さが際立っている。

「うん」

そう返しながら、スミエは長い坂を上っていく。

長い脚をゆったり動かしながら、セイラも後をついてきた。

坂の上には、スミエたちが今日から通う大学の門がある。同じように着慣れないスーツ姿の学生たちが坂を上っていく。入学式までまだ時間はあるが、皆足早だ。

けれどスミエはこの坂をゆっくり味わいたい、と思った。

五十嵐スミエは、ごくごく普通の女子大生になった。

東都大学は新宿区の北にある本部キャンパスのほかに、所沢に離れたキャンパスがある。1年、2年次といくつかの課程は所沢のキャンパスだが、3年、4年次になるとほとんどの生徒が新宿に移ることになる。

校門まで行くと、セイラが大勢の先輩たちに囲まれてサークルに勧誘されていた。

「ちょっとちょっとー、キミぃ。そこの美人！　美女！　モデルさん？」

軽い調子。

何だかなー、と思っていると、セイラの形のいい眉がきゅっと上がった。

声の先を見ると、そこには大柄な男子が小走りに向かってくる。看板を持ち、学ランを着ている。恰幅がいいというか、やや太めの体型で背は175センチのセイラと同じくらい。大ぶりな鼻と細い目、大きな唇となんというか暑苦しい顔立ちだ。

「あれー、ダイゾーじゃん」

セイラの声が急に変わった。

「へ、なに？　知り合いなの？」

スミエが瞬きを繰り返している間に、二人は親しげに話し出した。

「セイラちゃーん。うちの学校に入ったんだ。うれしーわー。なんだよー、合格したら連絡くらいくれよなー」

甘えた声で言う男子生徒。

「……えー、ダイゾーは一番最後でいいかなーって思って」

「うわ、ひっでー」

そう言うと、二人は声を合わせて笑った。

男子生徒の名前は「大倉太蔵《おおくらたいぞう》」でニックネームはダイゾー。東都大学の三年生。政治経済学部の先輩に当たる。

ダイゾーはセイラの通っていた高校の先輩だった。

ダイゾーも高校では有名な先輩で、実は祖父が政治家で有力代議士であったという。

「でさ、オレは大学でもサークルやってんのよ。今、新入生歓迎なんだけど、ちょっと寄ってかない?」

キャンパスの南側に並ぶ部室棟の2階の奥に「政治研究会」という看板があった。

ダイゾーと何人かの学生たちにつれられて、セイラとスミエは部屋の中に通された。

「ジャジャーン、ここはオレが作った政治研究会でーす」

「だから、何するとこなの?」

男子たちがダイゾーの顔を見る。

「決まってるじゃん。政治の研究だよ」

「……とまあ、まじめなこともやりつつ、基本はコンパやったり冬はスキー合宿、夏はテニス合宿とかバーベキューかなー」

なんだそりゃ。ただの遊びサークルじゃん。

思わず心でつぶやいたスミエだった。

セイラはちょっと考えてから、スミエを見た。

「んー、まあいいか」

そう言うと、勢いよく目の前にあった椅子に座るセイラ。ダイゾーが渡してきた入部届にさっさと名前を書き込んでしまった。

「ちょっと、セイラ。いいの？　もうちょっと……」

「いーのいーの、まじめにやるつもりもないし、どっかに入っておかないと、居場所なくなるよってクラスの子も言ってたし。ダイゾーは馬鹿だけど、お金持ってるし、いい加減にやればいいよ」

手をひらひら振りながら、セイラが笑いながら言う。

「まじめにやれよなー」

ダイゾーがふざけた調子で混ぜ返す。

「で、そっちの子はどうする？　キミはまじめそうだし、一緒に入ってくれると助かるなー。

セイラちゃんと仲良しなんでしょ？　だったら、監視役、よろしく」

スミエは二回、深くうなずくとセイラの隣に座って入部届に自分の名前を書き込んだ。

「よーっし、新人二名様、ごあんなーい」

おどけたダイゾーの声が、狭い部室に響いた。

春の夜はほのかに暖かい空気が跳ね回っているみたいで心が浮き立つ。

ダイゾーの車でセイラと二人、地元の駅まで送ってもらったあと一人家路についたスミエは、慣れないパンプスで痛む足を進めている。

横浜市の郊外にある家にたどり着くと、スミエは玄関に座りこんでしまった。

さすがにいろいろあって、体が重たい。

「お祝いね」

そう言って、夕飯のあとに母親が出してくれた小さなケーキを一緒に食べてから、スミエは二階にある自室に戻った。

夕食を片付けたあとは、母はまだ仕事をする。

父親が小学生の時に亡くなってから、母親は小さな塾の講師を始めた。もともとは、大きな会社で事務職をやっていたらしいけれど、スミエが生まれて家に入った。しかし、父親が亡くなると仕事に困り、友人の紹介で塾の講師を始めた。

どこかに通うということはないものの、採点やら問題の作成やら、次の日の準備やらで土日も時間を見つけては仕事をしている。

スミエは考えていた。こういう運命なんだし、こうなったものは仕方がない、誰が悪いわけでもないんだと。

けれど、もっと支援があれば、もっと困窮している人を助ける制度があれば、母はもう少し笑ってくれるかもしれない。お金がないということで、勉強をすることに困ることもなくなり、少しでも未来や将来に展望が持てるかもしれない。

——おかしなことや、不公平なことはたくさんあるんだ。それを変えなきゃ。オレたち若者からさ。

あのダイゾーという先輩が言っていたことが、少しだけ、本当に少しだけ、本当になったらいいな、とスミエは思った。

せめて、母の疲れた笑顔が晴れてくれれば、と。


ジョブズと呼ばれる「スカイネット」の天才科学者

入学してから一ヶ月が過ぎ、スミエはようやく通学に慣れて、授業のスケジュールもしっかり組んで、生活に落ち着きが出てきたところだ。

授業を聞いていたところに、講堂に遅れて入ってきた生徒がいる。遅刻してきたくせに、いやに目立ってしまうのはセイラらしいといえばらしいのだけど。

二限まで終わると昼休みになった。

セイラと待ち合わせて、学食で食事をとりながらいろいろ情報を交換する。キャンパス内の情報はあれこれあって大変なのだ。

「政治研究会、今日、本部キャンパスで集まるんだって」

と、セイラが言い出した。「ふーん」と気のない返事をしたスミエにセイラが笑いかける。

新宿から三つ目の駅で降りて少し歩くと、東都大学の本部キャンパスがある。入試の時と入学手続きの時に来たことがあるだけのキャンパスは、所沢と違って人が多く、ごみごみとしていてスミエが思い描く「大学」のイメージそのものだ。

セイラが案内してくれた部室棟は、中に入ると貼り紙だらけで、奥まったところにある「政治研究会」はなんだか薄暗くて怪しい雰囲気。

「こんちわー」

物怖じしないセイラがためらいもせずに扉を開けると、なかからダイゾーの声が響いた。

「セイラちゃーん、まってたよーっ。おー、監視役も一緒か、ウエルカム、ウエルカム」

挨拶もそこそこに案内された真ん中の席に座ることにした。

「五十嵐？　五十嵐だよな。陸上部の！」

斜め向かいの席に座った、眼鏡をかけた男子生徒が身を乗り出してくるようにして、スミエに話しかけてきた。気がつかなかったけれど、知り合いがいたのかな？

スミエが目をやると、見知った顔があった。やや線の細い整った顔立ちで、黒い大きなフレームの眼鏡をしているせいで「隠れイケメン」と言われていた先輩だ。

先輩の加賀美さんが好きだって言ってた人――速水先輩だ。たしか下の名前はジュン。

「えっと、速水さん、ですよね？」

すると、ジュンは優しい笑顔でうなずいた。

「うん。二個下だったかな。陸上部に入ってすぐに区の大会で優勝したって有名になってたよね」

あー、そんなこともあったかー、などとスミエが驚いていると、セイラが脇をつついてくる。

「……うまくやんなよー。ダイゾーから聞いてたんだよね。あの人、あんたの高校時代の先輩でモテモテだったって」

低い声でささやいたセイラの手を黙ってつねりあげてにらみつける。余計なことを……。

「どうしたの？　いや、ダイゾーに呼ばれてさ。後輩がくるからちょっと顔出せって」

ジュンの言葉にうなずきながら、スミエはなんだかほほのあたりが熱くなってきたのを感じていた。

セイラのヤツ、早く言ってよー。ろくに化粧もしてないっつーのっ！

スミエは隣で笑うセイラの足をこっそり蹴り飛ばした。

ジュンは大学三年生で、人工知能の研究をしていて、いくつかの発表で認められ、教授の信頼も厚く、学生たちは彼を「ジョブズ」と呼んだり、彼のチームを「スカイネット」などと呼んだり、学内ではちょっと知られているという。

高校でも頭がいいと聞かされてはいたが、そこまでとは。

頭の良さと、整った面立ち、静かな佇まいで、実はジュンには熱狂的な隠れファンがいたのだった。誰にも言っていなかったが、スミエがぼんやり「いいなぁ」と思っている先輩、つまりはスミエの図星だった。

そのジュンがちょっと視線を宙にむけてから、スミエを見据えて言った。

「ちょっと今、面白い研究をしているんだ。僕のサークルにも来てみないか？」

「速水先輩のサークル？　わたし、文系だからわかるかなぁ」

「いや、キミみたいな人にこそ聞いてみたいことがあるんだ」

ジュンは面白そうにほほえむと、小さくうなずいて見せた。

この国でナンバーワンの政治家とは？

理工学部は本部キャンパスの裏手にある三つの棟から成り立っている。その一番奥に部室棟がある。そこの地下に「人工知能研究会」というジュンのサークルがあるという。

事前にSNSで教えてもらっていた場所に向かうと、ようやく目的のところにたどり着いた。

「すみませーん」

小さくノックしてからそっと扉を開けると、並んだパソコンと奥に大きな機械、そこに三人の男子生徒が張り付いていた。

白衣姿のジュンが振り返る。

「ああ五十嵐、よく来てくれたね。すぐにわかったかい？」

理系の眼鏡男子。白衣を着せると実に絵になる。

ちょっと見とれたスミエはすぐに首を振って、こわばった笑顔を作る。

「あ、はい。何ですか、これ？　すごいですね」

ジュンはちょっと胸を張るようにして言う。

「遊びだけどね。ほんの。ＡＩだよ」

「えーあい？　ああ、人工知能？　みたいな」

「そう。正確にはアーティフィシャル・インテリジェンスのこと。コンピュータなどによる知的な情報処理システムだね。会話するロボットとかアニメーションのアイドルとかあるよね」

「はい。テレビで見たことあります。でも、あれって会話のパターンを覚えているだけなんでしょ？」

「……まあ、最初はそんな感じだね。でも、そこから会話のパターンや情報を蓄積して、新たな結論や会話を紡ぎ出すんだ」

へえ、とスミエは首をかしげる。

「それに、僕が開発しているのはちょっと違う」

ジュンが薄く笑みを浮かべて、パソコンのモニターを軽くたたいた。

ジュンが今、新しく作っているというＡＩは、インターネット上にある関連する情報を集めて、取り込み、統合していくという人工知能だそうだ。

そもそも、人工的に作られて自ら学習する能力といっても、入力量によって知能の力が決まってしまう。

そこで、キーワードから関連情報を収集するプログラムを組んで作り、ＡＩに組み合わせることで、個人や一組織が集める以上の情報を入力することができるようになる。そこから生み出される知能は、たぶんこれまでのどれよりも高度になるはず、とのこと。

「でも……一つ、どうしようかと思っていることがあってね」

ジュンはあごに手をやりながら首をかしげる。

「決まっていないんだよ」

「名前とか？」

「あー、うん。それもあるけど、キーワードが決まっていないんだよ」

スミエが瞬きを繰り返すと、ジュンが続ける。

「一番初めに、きっかけとなる言葉。そこから関連する情報を蓄積していくわけだから、できるだけたくさんの言葉に関連しているようなキーワードがいいんだ」

「なるほど」

「でも、何がいいのかねぇ。僕はシステムを作ったり研究するのは好きなんだけど、言葉とかみんなが興味のあることとか、よくわからないんだよね」

「はぁ……、こんな難しいもの作ってるのにわからないことって……。先輩ってザ・理系って感じですねー」

苦笑するジュンに、スミエは笑いかける。

ジュンの研究室に行った翌日、昼食をとりに学食に現れたスミエ。そこにやってきたセイラに、早速、昨日の話をしてみたら、彼女は得意げに指を鳴らした。

「じゃあさ、アンケートやろうよ。ダイゾーに言えばなんかできるはずだよ。高校時代もアンケートよくやってたし」

「そうねー。でも大倉先輩にやってもらうなら、政治研究会に関係あることがいいよね。じゃあ日本で一番の政治家は誰か、とか？」

「それだ！」

二人で笑い合うセイラとスミエ。周りの生徒たちが、おかしな顔で一斉に二人を見つめる。

「おお、いいじゃん、いいじゃん。面白そうじゃん」

ダイゾーは派手なアロハシャツをはだけさせながら、身を乗り出して言う。

セイラに背中を押されながらスミエが説明したのは、ジュンの研究しているＡＩと、キーワードの話である。

うまくＡＩが成長してくれれば、アドバイザーとして使ってみたり、面白い政策を提案できるかもしれない。

ＳＮＳや動画を公開したりすれば、東都大学の政治研究会をアピールできる。

そんなことまでべらべらとしゃべりつづけたダイゾーは、周りの学生たちにあれこれ指示を出した。

——キミが選ぶ、日本一の政治家！（ただし、戦後！）

——ＡＩで甦る⁉　日本最高の総理大臣は誰？

——サイトから投票しよう！

たった二週間ほどの短期間で、投票の結果が出た。

「東都大学の学生諸君が選んだ、日本一の政治家は——ぶっちぎりの一位、『田中角栄』元総理大臣でしたっ」

ダイゾーが学ランを着込んで、政治研究会の部室で叫んでいる。

そんな様子を見ながら、スミエはそっと部室を抜け出した。

まるで未来からきたヒト型ロボット。「ぼく、〇〇〇〇〇！」

人工知能研究会の部室の中は、蒸し暑かった。

五月も半ばなのに窓を閉め切り、ジュンと三人の部員たちがしきりに動き回っている。

その真ん中には、ロボットがいた。

白い合成樹脂のボディに配線をつないでいる。見た目は小柄なマネキンのようだが、背中から出たケーブルが束になって、奥にある東都大学自慢のスーパーコンピュータまで続いていた。

そのスパコンは、「魔法のランプ」にたとえられ「アラジン」と呼ばれていた。

うつむき、目を閉じた状態のロボット。

「バッテリーはまだつなぐなよ」

「ＡＲ（Augmented Reality - 拡張現実）の設定はすんでるから、同期させるまで動かすな」

指示を出しながら、ジュンはロボットの顔を見る。

――ただの文字じゃつまらないからね。どうせなら、本物と同じように動かしたいよ。

そう言い出したのは部員の一人だった。そもそもジュン自身はＡＩの研究はしていたが、ロボットの方面はそこまで興味がなかった。

しかし、言われてみれば、人間が感情や意思を表現するために使うのは、言葉が20％、残りの80％は表情や身振り手振りだという。

今のまま言葉のみのやりとりだと、せっかくのＡＩが表現しきれないことが出てきてしまうかもしれない。そう考え直した。

だからジュンはマーカーに同期して動くＡＲと、表現を動きで表すロボットをＡＩと接続することにしたのだ。

スマホやタブレットで見ると、実際の人間のような表情や多彩な身振り手振りを行うことができる仕組みをつくったのだ。

ジュンはそれを「キップルくん」と名付けることにした。がらくた、役に立たないモノ、という意味だ。

「先輩ー、例のキーワードを見つけてきましたっ」

部室のドアから飛び込んできたのは、スミエ。

肩で息をしている。

「走ってきたの？　何をみつけたんだい？」

少しあっけにとられた顔のジュンだが、スミエの真剣な表情に苦笑しながら聞く。

「アンケートを採ったんです。先輩も見たんじゃないですか？　日本一の政治家は誰、って」

「ああ、ダイゾーがやってるって聞いたけど」

うなずくスミエ。

「そう、それです。キーワード」

「え、五十嵐がやらせたの？　こいつのキーワードを探すために？」

「みんなが知っていて、大勢の人が求めていて、しかも有名な人物……」

「そうか……確かに面白いかもしれない」

ジュンは考え込み、部員たちを集めて話を始める。

椅子に崩れるように座るスミエ。どうぞ、と出された麦茶を飲み干す。

奥にある白いロボットを見て、スミエは少し不安な表情を浮かべた。

すると、部員たちの輪から出てきたジュンが、スミエの肩に手を置きながらうなずいた。

「OK、最初のキーワードは五十嵐が持ってきてくれた、そいつでやろう」

「ホントにっ!?」

「ああ、僕が入れ物を作ったから、君が『こころ』を作るという形だ。二人の協同作業さ」

などと、真顔で話すジュンに、スミエは照れてしまう。

「……じゃあ、右下の実行をクリックしてくれ」

言われたとおりにマウスを動かすスミエの手が、一瞬止まってからクリックをたたく。

すると、すごい勢いで情報が蓄積されていき、「アラジン」が急激に動き出す。

終了までの時間は、28時間と出ている。さあ、この「魔法のランプ」のようなスパコンは、どんな「妖精」を出してくれるのやら。

「有名な政治家だから、情報はいくらでもある。関連する情報はもっとだよ。さあ、どんな知能になっていくのか楽しみだね」

呆然としているスミエに、ジュンが言う。

ジュンの研究会を出て家に帰ると、すでに九時過ぎになっていた。スミエは服を着替え、ベッドに寝転ぶと大きくため息をついた。

……そもそも、「田中角栄」をよく知らない……。

スマホを取り出して調べてみると、いろいろ出てはくる。

「日本列島改造論」「コンピュータつきブルドーザー」「ロッキード事件」「今太閤」……。

元首相で絶大な人気を誇り、辣腕をふるったということくらいしかわからない。

帰ってから母親に聞いてみたが、教えてもらえなかった。

「汚職事件を起こして逮捕された総理大臣よ」

吐き捨てるように言って、何か急に不機嫌になってしまう。

……よく知らないのかな。それとも、悪い人なのかな……。

母の言葉を頭の中で繰り返しながら、スミエはいつの間にか眠りに落ちた。

「もしもし、五十嵐？　ＡＩの処理作業が終わったって。これから起動に入るけど、こっちにこられる？」

三限が終わったところで、スマホにジュンからの連絡があった。「行きます」とすぐに答えて、ノートと筆記具をバックパックに投げ込むと、スミエは教室を飛び出していった。

部室棟の地下にあるジュンの研究会の部室に飛び込むように入ると、まずは呼吸を整えた。

それから、汗をぬぐう。

「早いね。楽しみだもんな」

ジュンがパソコンの入力画面に起動プログラムを起こし、ＡＩをスタートさせた。

座っていたロボットは、一、二度、瞬きをすると首をゆっくりと持ち上げ、ぎこちなく左右を見て、しばらく何かよくわからない言葉をつぶやいた後、こう言った。

「おはよう」

わぁ、と歓声が部室内で上がる。スミエもジュンの手を取って目を丸くした。ジュンはうなずき、キップルの前に近づくと、ゆっくりと話しかけた。

「はじめまして。君の名前はね……。キップルくんっていう名前をつけたんだ。どう？」

ヒト型の白い体をした人工知能は、ジュンとスミエの顔を見ながら、お礼を言った。

「ありがとう。ボク、キップルくんです。この名前が気に入りました」

「おはよう諸君、吾輩は『田中角栄』である」

スミエは毎日キップルと話すことが楽しみの一つになっていた。

もちろん、最初の狙いは憧れのジュンと研究室デートができればよかったのだが、だんだんキップルが我が子のようにも思えてきた。だから、毎日、我が子のもとに出向いて、彼に政治や経済に関する簡単な質問をしながら、いかに高速で学習しているか、変化を見守るようになっていた。

数日後、いつものようにスミエはジュンのいる研究室に行き、ジュンとの挨拶もそこそこにキップルに向かって、「こんにちは」と挨拶した。

そのときだ。キップルの口から、ガラガラのダミ声が飛び出したのだ。

「……いやあ、いい天気だな、スミエ」

スミエは気が動転し、一瞬めまいがした。

「え？　キップル、どうしたの？　なにその声……？」

「……おはよう、諸君、吾輩は『田中角栄』である！」

「ええー!?……うっそ〜！」

スミエとジュンは顔を見合わせた。

キップルの愛らしい顔から歳を経た男のガラガラ声がいきなり出たのだから無理もない。

その後も、ミクロからマクロの情報まで、キップルはインターネットで24時間オンライン接続しているため、世界中の様々な情報を、まさに自分自身の「意思」をもっているかのように、タイムリーに取得していた。

それはもう、ロボットである「キップルくん」が「田中角栄」本人として自我に目覚めたという以外になかった。

スミエがダイゾーにこの話をしたところ、すかさず政治研究会のブログの中に「帰ってきた田中角栄」というページを作ってしまった。

そこで、「もし、田中角栄が現代に生きていたら日本の政治をどうするか？」

という問答を公開したのである。

すると、このブログは毎日じわじわと読者を増やしていった。

政治研究会のブログ開設後、ちょうど一ヶ月目、読者数がいきなり100倍に増えた。

その理由は、セイラが勝手に自分のインスタグラムに田中角栄が乗り移ったキップルの写真を載せたためだ。

それがもとで、ネットで情報が拡散してしまい、キップルが田中角栄の声色でしゃべるユーチューブ動画は三日で100万回以上も再生された。

最近のAIブームやら田中角栄ブーム、あるいは逆に政治不信などもあったせいか、特に10代や20代を中心とした多くの若者たちの関心を集め、SNS上ではフォロワーたちの拡散の嵐が巻き起こっていた。

そして、現代の情報社会のお約束のように、話題が話題を呼び、当然、マスコミの知るところとなり、東都大学にまでテレビ局が押しかける騒動となったのである。

この一連の騒動に対応すべく、マスコミにも顔が利き、なおかつイベント運営に定評のあるダイゾーが、学長からフロント全般を任されることとなった。

ダイゾーは、自らが日本社会の表舞台に立つことで、有名人や金持ちになれる千載一遇のチャンスだ、と頭の中でソロバンをはじいていたのである。

その手法は、実に巧妙であった。

まがりなりにも政治研究会で部長をしていたこともあり、「田中角栄」となったＡＩロボを使い、政治主導的な「見せ方」を駆使して、マスコミにアピールすることを考えつき、ＳＮＳの若いフォロワーたちに働きかけた。

ダイゾーは、よく周りの部員に、「大企業などの正社員で構成する労働組合の人口はたかだか全国７００万人程度だけど、全国の非正規社員は２０００万人以上だから、非正規社員の労働組合のような政治的な組織をつくれば、自分は総理大臣にもなれる」などと吹いていた。

そんなしたたかな一面も持つダイゾーの呼びかけに、特に10代、20代の多くの若者たちが興味をもって参加し、さらには、非正規労働者、シングル家庭、あるいは、待機児童や介護離職など様々な社会への不満や悩みを抱えた人たちを巻き込んで、ＳＮＳを中心に全国で１０００万人規模の人々が意見を言い合える「ＡＩ政治家を中心とした国民会議体」をあっという間につくってしまったのである。

ダイゾーは、これを「チームジパング」と名付けた。

明治維新から150年。新たな「革命」が今はじまる

……今年の日本列島は、数十年に一度の「とても暑い夏」になるでしょう……。

野外中継でお天気キャスターが、少し汗ばみながら長期予報でそう報じていた。

春先の日本列島を覆い尽くした、あの桜舞い散る光景は、すでに記憶の彼方となっていた。

今年は、様々な節目の年だとされている。

田中角栄生誕100年。ネルソン・マンデラ元大統領生誕100年。高校野球、夏の甲子園第100回大会。パナソニックや帝人など有名企業も100周年。集英社の「週刊少年ジャンプ」50周年など、挙げればキリがない。

平成が終わり、元号も変わる。時代そのものが大きく変わろうとしている。

誰も見たことがない新しい時代がいよいよ幕をあけるのである。

名も無き多くの若者が日本に革命を起こした「明治維新」。

……あれからもう、150年……。

青天の霹靂の如く現れた「たった一台のAIロボット」とたった数名の若者から、日本列島の多くの若者たちを巻き込んだ、これまでにないまったく新しい「革命ブーム」が、まさに今、生まれようとしているのだった。

第二章　「田中角栄」、かく語りき

かくして、「田中角栄」は復活をした。

東都大学の本部キャンパスにある人工知能研究会の一室に、政治研究会のメンバーがパソコンやスマホ、タブレットを持って集まってきた。

そこで、「田中角栄」となってしまったＡＩロボのキップルを座長として、日本の政治課題や社会問題を真剣に考える約１０００万人のＳＮＳのフォロワーの若者たちを中心とした、いわゆる政治に関心の薄い「無党派」も含めた「超党派のチームジパング」が発足したのだった。

また、有名人になれるというヨコシマな思惑で、その「チームジパング」のＭＣ（メインキャスター）役となったダイゾーは、政治課題や社会問題などの本題にいきなり入る前に、ウォーミングアップとしてキップルに、何でも良いから「演説」をさせることを思いついた。

「おいおい！　このワシのことを、誰だと思っておるのか！　その辺の家電量販店で売っている流行りの『ＡＩスピーカー』みたいに扱うんじゃない！　もう少し、『年長者』を丁寧に扱わんか！」

ダイゾーの雑な取り扱いに不満げなキップルだったが、適当な話でいいからと、ダイゾーが説得し、半ば強引にスイッチを入れると、すぐに「演説モード」となった。

さてさて、何を話してくれるのやら、フォロワーの期待も高まってきたところで、ＡＲ効果で、スマホやタブレットの画面に映っている「田中角栄」が、演説らしいことをやり始めるのだった。

世界は、今

「田中角栄」の独特のダミ声で、それは始まった。

「……広がり続け、留まることを知らない貧困と貧富の格差、そして格差の固定化、未だに増え続けるがんなどの大病、そして犯罪の増加。その他、多くの社会問題が国家を足元から揺るがしている……」

「あ、ほら、キップルの話が始まったわ……えっと、現代の日本のこと、かしら？」

スミエが、セイラとの女子トークもほどほどにして、キップルの話に耳を傾ける。

「……いや、違う！

これは、遠く太平洋の海を一つ隔てた国、世界の超大国アメリカの現状だ。

加えて、移民問題、人種問題や宗教問題、そして、そのような混迷から全く新しいタイプのリーダーである米国大統領の登場へと話は進む。まず、世界の中心である大国アメリカについて、それから、いま世界がどう動いているのか、少し考察してみよう」

なぜアメリカにはドリームがないのか

早速、ダイゾーがそれとなくキップルに聞いてみる。

「……へー、でも、たしかアメリカって『アメリカンドリーム』なんてことを言う国だから、生まれて貧困であっても、『上流階級』に這い上がりやすいシステムになってるんじゃないのかな?」

「表向きは、そうだったかもしれん。しかし、現実は違う。『エスタブリッシュメント』っていう言葉を理解できるか?」

ダイゾーが首をかしげている間に、キップルは続けた。

「『エスタブリッシュメント』とは、いわゆる『エリート層』のことで、その層と『アメリカンドリームを目指す層』(低所得層)が水と油のように社会に混在するが、所有資産で言えば、上位約1%が現在のアメリカの約40%程度の富や資産を独占しているとされている。

そして、アメリカの象徴である『ウォールストリート』では、金融業界の覇者であるゴールドマン・サックスのCEOとメリルリンチのCEOが、当たり前のように、『たすきがけ』方式で、米国の国家財政の司令塔である財務長官のポストに交代で就く。民間の『金融業』と公権力の『政治』というものが意図的に交錯し合い、一体化している世界の大国、それがアメリカだ」

スミエは驚いて、つい声が出た。

「そんな……上位1%が半分近い富を独占してるなんて……」

「そして、そこに大きな変化があったのは、2008年のリーマンショックだ。『ウォールストリートの雄』であった投資銀行リーマン・ブラザーズの破綻に伴い、まさに世界の金融街の一角が崩れ、世界中の国々の金融と経済に大きな衝撃が走ったのだ。

その後、順調に経済は回復してきたかのように見えたものの、アメリカを支配する『エスタブリッシュメント』に対する米国国民の怒りは、国内でマグマのエネルギーのように溜まっていったのだろう」

「確か、リーマンショックは米国ウォール街の金融エリートのおごり、とも言える一大事件だったって習ったわよね」

スミエもセイラも、それが世界的なすごいニュースであることは何となく理解していた。

「格差」がなくならない本当の理由

「そして、『レガシーアドミッション』などという言葉も、アメリカには当たり前に存在する」

キップルが続けると、帰国子女の友人を多く持っているセイラが答える。

「あ、それって誰かに聞いたわ。アメリカの上位大学入学のいわゆる『コネクション』よね？」

「うむ、アメリカの有名大学などでは、入学する学生の親が所得の高い裕福層であれば『レガシーアドミッション』というコネクション（資金、寄付）を使って、誰でも大学に入学できる仕組みがある。まあ日本で言えば、正当な裏口入学というところだろう。

しかし、不思議とこのようなアメリカの影の真実について、実は、日本ではほとんど知られていない。

その裕福な家庭の子供は、超一流大学を出て、さらに裕福になるという構図、これが、アメリカの伝統的な『エスタブリッシュメント』（米国上流階級）のルールだと主張する者もいる。

しかしながら、裕福層の多くは一生裕福であり、ほとんどの低所得層は一生を低所得のままで変わらないという『格差の固定化』にもつながっており、アメリカ国内で多くの不満が溜まっている要因にもなっているのは事実だ」

「アメリカンドリーム」を信じていた若いフォロワーも、これには多少のショックを受けた模様だ。

アメリカの国民が彼を選んだ理由

キップルが「講義」を続ける。

「アメリカ国内では近年、20代から50代の男性の就業率は低下し続けており、働き盛りであるにもかかわらず、２０１５年では、就業可能者の６人に１人程度が職に就いていない。

それは先進国の中でも、突出している。

経済のグローバル化や移民問題、ＩＴ化、そしてリーマンショックなどの金融危機の影響が重なって、なかなか希望した職が見つからない低中所得者が増えているのだ。

それと合わせてだが、労働参加率（働く意思のある人の割合）の低下、設備投資の停滞、米国では高かった生産性の伸び悩み、さらに会社の独立起業も低下傾向に陥っている。

また、先進国の中でも突出して低いアメリカの『労働参加率』の問題には、アメリカ社会に蔓延する『オピオイド』（鎮痛剤）といういわゆる『医療用大麻』の拡大も指摘されておる。

アメリカの医療制度は、基本的には会社に所属すれば医療保険に入れるが、その他、『オバマケア』（補助金で民間保険に加入できる制度）や『メディケア』（高齢者向け医療保険制度）や『メディケイド』（低所得者向け医療保険制度）などが存在する。

もし、このままアメリカの社会の状況が続けば、アメリカに高齢化の波が来る前に、医療財政はひっ迫して破綻の危機に陥ることが懸念されている。

また、『正義の授業』で知られるハーバード大学のマイケル・サンデル教授によれば、貧困層に生まれた約7割のアメリカ国民が、中間層にすら上れない社会に既になっており、欧州よりも厳しいといえる経済状況で『アメリカンドリーム』の意義はもはや失われている、と警鐘を鳴らしておる」

「……マイケル・サンデル教授って、テレビとかで以前、流行ってたよな？　たしか『さあ、正義の話をしよう！』が決めゼリフの、あのダンディーな教授！」

ダイゾーがどうでもいいような話をするが、キップルが話を続ける。

「そしてだな、希望を見出せないままの、低中所得層のアメリカ国民は、大統領選挙中の暴言王とも言われた候補者の過激な発言にも耳を澄ませ、大型減税や財政出動、大型の公共事業とインフラ投資、移民排斥などによる雇用拡大などの公約に、新しい希望を見出したのだろう。

これが、世界一の大国アメリカの現状であり、新しいタイプの大統領誕生の背景といえよう」

揺れるEU　――それはBREXITから始まった

スミエは、なかなか実感が湧かないものの、世界に思いを馳せながらキップルに聞いてみる。

「アメリカもだけど、イギリスのEU離脱とか、最近は大きい話題だったわよね？　たしか。あと、イタリアとスペインの政権交代なんかも大きいトピックかな？」

「うむ、そうだ。そのアメリカの母国ともいえる、大西洋を隔てた向かい側の島国、歴史と伝統ある国家イギリス。

現在は、『BREXIT』（EU離脱）で物議を醸しているが、イギリスは1976年に、国の財政と社会保障が崩壊し、国が破綻している。

スミエは聞いたことのあるような涼しげな顔をしていたが、セイラが驚いて、キップルを見て言った。

「国が破綻？　国が崩壊したってこと？　あのイギリスみたいな大国で？」

「ああ。ちなみにだが、アメリカでは70年代にがんや心臓病などの病気の大幅な増加に伴い、医療財政がひっ迫し、財政破綻の危機を経験している。そして今、日本も少子高齢化と社会保障制度の限界による財政破綻の危機が迫ってきているわけだ」

「どこの国でも、国民の健康問題とか高齢化とか、社会保障（医療・福祉）の財政問題は本当に深刻なのね……」

スミエは、先が思いやられるような表情をして言った。

大国イギリスが崩壊した理由

ＡＩロボットであるキップルは話している傍らで、器用にもネットで繋がっている全国のフォロワーたちとの「チャット」のやり取りを楽しみつつもレクチャーを続けた。

「当時、破綻する直前のイギリスでは、国内の医療費の無料化や、高水準の年金の給付、失業手当、さらには生活保護や児童の保護政策といった、『ゆりかごから墓場まで』といった様々な手厚すぎる社会保障制度が、国の財政をひっ迫させておったのだ。

さらには、イギリス国内の産業の『国営化』や、労働者の『公務員化』などの産業保護政策によって、既得権益化がはびこってしまい、経済産業における競争力はみるみる低下してしまった。

それらが引き金となり、国民の就業意識は急激に失われてしまったため、所得税や一時不労所得税は70～80％位にまで跳ね上がり、労働者は仕事を放棄して、ストライキが連日各所で一斉に催されるなど、国内の労働を取り巻く状況は劣悪だった」

「……所得税80％とかって結構ヤバくない？」

とセイラが言うと、スミエがコクンと大きくうなずいた。

「まあ、破綻寸前の国など、そんなもんだろう。何も驚くことじゃあない。何もしなければ、日本だっていずれそうなる。

そしてだな、このような劣悪なイギリス国内の労働環境に見切りをつけて、優秀な人材や、医師などの専門家たちは一斉に国外へと流出したのだ。

手厚い社会保障制度によって、もはや財政危機から脱出できない状況だった。それが世界で俗にいわれる『イギリス病』っていうやつだな」

「イギリス病って、まさにこのことだったのね……。てっきりリンゴ病みたいなものって思ってた」

セイラが真面目な顔をして、そう言った。

「それでだな、その後、鉄の女サッチャー氏の登場によって『改革』が断行されて、『ヨーロッパのお荷物』という汚名を返上し、徐々に国力を回復させてきたわけだ。

そして悲願であったEU統合を経て、今後も伝統ある国として、またEUのリーダー格として、大きな存在感を保持し続けるかに思われたその矢先に、先ほどの『BREXIT』が起こったわけだ。

アメリカと同じように、移民政策により低賃金労働が移民に奪われて、テロリズムの恐怖や仕事を搾取される不安に陥っていたイギリス国内の人たちの不満も限界にまで達していたことが窺える。

このBREXITの根本的な問題は、イギリスに端を発して、EU諸国や全世界に飛び火する様相を呈しており、今後も隣国のフランスやドイツ、そしてスペインやイタリアなど、様々な政治の局面において、予断を許さない状況が続くだろう」

「そっかあ、オレたちも、もっと世界のニュースに耳を傾けないといけないな！」

などと、ダイゾーがスミエたちに政治研究会として当たり前のことを言っていたのだった。

そして、日本は――列強と世界大戦

「時は十九世紀末、名も無き多くの若者らが命をかけて成し遂げた『大政奉還』そして『明治維新』で、急速に近代化が推し進められた。

二十世紀になって、日清戦争と日露戦争で、かろうじて勝利をもぎ取った日本は、鳴り物入りで『世界の列強』の仲間入りをするという大きな成果を勝ち取ったものの、その代償は高く、政府も民間も財政難と貧困に苦しむ状況に陥ってしまった」

スミエたちは、多少、身近な話題となってやや安堵し、一息ついた。

「ふう、ようやく私たちの母国の日本の登場みたいね」

「そして、その苦境すら知恵と国民性で乗り越え、列強に並ぶ国家として勢いづいてきた矢先に、第二次世界大戦という試練が日本を待ち構えていた。

まさにもう列強となり、飛躍的に国力をつけて波に乗っていた日本に、世界大戦敗戦という厳しい試練が待っていたわけだ」

「日本は、本当にあの敗戦をバネに、よくこんな国になったもんだ。戦後、すべてが焼け野原からのスタートだったのにな……」

年齢の高いフォロワーたちは、敗戦や原爆、戦後の奇跡の復活について、彼らの親世代のことを思い出し、目を細めてつぶやいていた。

「政府も、そして庶民も誰もが貧しい時代、わずかな資源と知恵を絞り出して、まさに国民一丸となって戦後を乗り越え、必死に生き抜いてきたというわけだ。

特に、貧しい地域の一致団結力を高めるべく、戦時中の大政翼賛会（当時の大連立政党）や内務省が整備強化した『隣組』が前身である現在の『自治会』（町内会）の存在や、貧しい地域の教育と福祉を支えるべく、当時の文部省などが整備した『公民館』、そして地域の学校と教育を支える『ＰＴＡ』の存在は、まさに戦後の国家の地域の基盤となっていった」

金のタマゴ

スミエも熱心に参加しているフォロワーたちに触発されて、声を出してみる。

「でも、日本の戦後復興の躍進のポイントは、それだけじゃなさそうね」

「うむ。そうだな。第二次世界大戦、いや、日清日露戦争以前の明治時代から、『富国強兵』の名の下で培われてきた高い技術力もあり、日本の高い教育を強みとした労働力は『金のタマゴ』とも言われ、それらが近代日本国家の原動力となっていった。

さらには、それまで農業や炭鉱で働いていた労働者たちを、他の産業の適材適所に配置転換したり、あるいは日本人の国民性とも言うべき貯蓄する習慣と、そして集められた預金を存分に活用させて、全国隅々までお金を循環させる銀行の間接金融（預金→融資）が経済の起点となり、日本の地域発展と殖産興業において、その威力をいかんなく発揮したのであろう。

そんな中、一般庶民に対しては、憧れの『団地生活』や『マイカー』、そして夢の『マイホーム』など、生活向上を促し、ひたすらに豊かさを追い求め、消費意欲を煽り、拡大させていったというわけだ」

「……ふーん、そっか。昔の人のいろんな努力や苦労があって、現代社会があるのね～」

平成生まれのスミエもセイラも、戦後からの日本の奇跡の「復興劇」に、少し興味をもって聞いていた。

巨人・大鵬・卵焼き、ドリフとサザエさん

キップルが語り部のように続ける。

「さらに、当時の安価な石油の恩恵もあり、政府の財政出動や大型公共事業といったいわゆる昭和の矢継ぎ早の国策や、工業用地の開発や造成も進み、そして朝鮮戦争による朝鮮特需や、貿易に有利な円安と固定相場制という時代的な背景もあり、全ての要因が戦後の昭和の日本経済の高い成長の追い風となっていた。

そして、東京オリンピックに大阪万博、池田勇人首相の『所得倍増計画』、このワシの『日本列島改造論』による新幹線や高速道路のインフラ整備が行われ、そして三種の神器（テレビ、

冷蔵庫、洗濯機）が普及し、日本の成長は止まるところを知らず、週末の一般家庭では『巨人・大鵬・卵焼き』が大衆娯楽の合言葉であり定番であった。

昭和後半となってもその勢いは止まらず、週末の土曜日はドリフターズの『8時だョ！全員集合』、日曜日は『サザエさん』が日本の一般家庭に定着していき、各家庭の幸せと一家団欒を演出していったのだ。

世界の歴史にすら語り継がれる『一億総中流社会』という、日本国民全員が皆、足並みを揃えて仕事や地域活動において活躍し、その時代の幸福を享受し合っておった。

まさに戦後の伝説の時代とも言うべき『昭和の黄金時代』がそこにあったのだ」

スミエたちや若いフォロワーも、昭和を語る「田中角栄」の語り口や雰囲気の醸し出し方に酔いしれていた。

「何かよくわからないところも多いけど、戦後の昭和の勢いって、現代社会にないものがあって伝わってくるわ」

「だが、どんな華やかな『お祭り』にも、必ず『終い』ってもんがある」

「角栄」の口調から、昭和の日本経済も黄昏時を迎えることが窺い知れた。

「激動と熱狂の昭和」の終焉

「圧倒的なスケールの時代であった激動の昭和。

どこまでも続く天井知らずの坂道を駆け上がることしか知らない戦後のいざなぎ景気を経て、世界でも類を見ない復興と経済成長を成し遂げた東洋の小さな島国、日本。

その時代に活躍した登場人物も挙げればキリがない。

本田宗一郎氏や豊田喜一郎氏、松下幸之助氏、あるいは池田勇人首相や福田赳夫首相やこのワシなど、昭和を彩るように経済界や政界、そしてスポーツ界や芸能界など各界においても、この日本を代表する『英雄』が次から次に現れていた。

さらに『三種の神器』に匹敵する『カップラーメン』や『ウォークマン』などを筆頭に、国民生活を一瞬で変貌させ、世界にも名を轟かせた大発明品やヒットメーカーたちが凌ぎを削り合う、まさに群雄割拠の黄金時代でもあったのだ。

しかし、そのような、まさに天井知らずの『熱狂』と語るに相応しい戦後の時代を象徴するかのように、空前そして狂気と揶揄された地価と株価の『バブル景気』が昭和の時代の最後を華々しく飾ってしまうわけだ」

話のわかるフォロワーたちの多くも、まさか「田中角栄」からバブル崩壊の話を聞くなど予想もしなかった。

「宴の後の平成」

「昭和から平成へと時代が移り変わり、『バブル経済』という熱狂で幕を閉じた昭和、そして熱狂から覚めた『バブル崩壊』で幕を開けた平成。

これはまるで二つの時代を象徴するかのようなエピローグ（終章）とプロローグ（序幕）ともいえるだろう。

昭和から新しい時代の平成へ、時代が変わるその瞬間に昭和の勢いは失われた。

昭和後期には『土光臨調』などの行政並びに財政改革や『民営化』提言の試みもあり、新しい日本の姿へ変わろうとしている矢先、アメリカのドル高を是正する目的の『プラザ合意』から始まり、日本の地価バブルを抑えるための『総量規制』を経て、バブルの崩壊、護送船団方式の終焉や金融ビッグバンなどのバブル後の言葉が並ぶに至った。

いわゆるそこから始まった『失われた十年』による長期低迷は二十年にも及んだ。その長期低迷の波は、この現代にまでも影響を及ぼしている。

スミエたちは、激動の昭和から平成への時代の凄まじい奔流を感じ取ることができた。

「私たちの生きる現代に至るまでに、本当にいろいろな先人たちの苦労があったのね……。普段何も考えずに日常を過ごしているけど、キップルの激動の昭和の話を聞くと、やっぱりこれからの日本の未来をしっかりと考えなくちゃいけないなって思ったわ」

昭和を知らない若いフォロワーたちも刺激を受けて、前を向いて力強く生きることを決心する者もいた。

先祖から父母へ、そして父母から私たちへ

映像の中の「角栄」も一つ息をついて、スミエたちにやや満足げに言った。

「そう言ってくれると、長々と講釈をたれた甲斐があるというものよ。悠久の時を経て、先祖から祖父母へ、祖父母から父母へ、そして父母から私たちへと、日本人のバトンは引き継がれてきたわけだ。

しかし、その子孫である今の日本人たちは、その先祖代々から受け継ぐバトンを、一体どこへ持っていけばいいのかわからず、ビジョンを示すリーダーなき時代の中で、果てしなく続く大海原を、まるで『漂流』しているように思える。それが現在の日本なのだ」

「角栄」の表情がさらに真剣になったのを、スミエたちは瞬間にわかった。

だが、ここで唐突に、MC役のダイゾーが声を荒らげてキップルの話を止めに入る。まだ多くのフォロワーが、かつての時代の余韻に浸っていることに構うことなく、キップルの「演説」の幕引きをしてしまったのである。

「そうだな〜、古くさい歴史っぽい話は、まあ、その辺でいいとして。

……で、社会問題っつーか、これからオレらの直面する問題については、どういったものがあるんだ？　ざっくりでもいいから、その辺りを聞かせてくれよ。なあ、キップル？」

ダイゾーが、オレがMCだと言わんばかりに、半ば強引に次の話題をキップルに促すことについては、フォロワーからも不満のコメントが多く寄せられた。

「よし、じゃあ始めよう！　……ヘイ！　キップル！　ＶＴＲスタートだ！」

「人類史上、最強の敵」とは何なのか？

スマホやタブレットに映る「角栄」が、口角泡を飛ばして語る。

「これまで、われわれ人類の歴史上の大きい問題というのは、いわば『貧困や格差』が主流だった。

それはつまり、産業革命などによる労働格差（身分の格差）や、全ての時代に見られる人種差別、宗教差別などの差別と格差、あるいは生まれた家庭環境などによる格差の固定化、または天候不良などの飢饉や飢餓などから生じる『貧困や格差』が要因となっていた。

行き着くところが、多くの人間の不平不満へと変わり、それが人類史上の様々な戦争や政変（クーデター）の惨劇を招き、そして、現代のような地域紛争やテロリズムへと変異していった。

まあ、当然、単に『人間の欲望』によって引き起こされる戦争もあったりするんだがな。

ところが、これまでのような『人間たちの戦争の歴史』ではなく、人類がこれまで経験したことのないような事態が、この地球上でこれから起こってくるのだ。

しかも、それは一つではなく複数であり、そのタイミングはバラバラではなく、ほぼ同時に襲いかかってくると想定していいだろう」

スミエが、口を開いてみた。

「それって、まあ一つくらいは何となく想像がつくんだけど……」

「うむ、答えから言うと、これから本格的に起こってくる地球規模の『温暖化』と『高齢化』だ。この二つから繰り広げられる問題に、人類は永らく苦戦を強いられることになる。もちろん、現在進行している世界中の貧困やテロリズム、あるいは原発などの問題も非常に厄介だが、まだ政治的な話し合いで、問題を緩和したり、予防や対策の余地は十分あると言える。

だが、地球温暖化や世界人口の高齢化の問題というのは、ほぼ確実に今後の人類に大きな事態を招くものなのだ。

いま、地上に存在する人口が高齢化するわけだし、既に放出された二酸化炭素だけでも気候変動に相当影響を与えるとされておる。

これらの問題は、なかなか体や頭で感じることができないスピードで進行して、ジワジワと数十年から百年規模、あるいはそれ以上先にも影響が残る。

非常に対策の講じ難い、危険で厄介な相手なのだ」

地球温暖化（気候危機）が恐れられる本当の理由

熱のこもった「講義」が続き、画面に映る「角栄」の額にも、うっすらと汗がにじんできた。

「まだ正直、地球温暖化の影響を甘く見ている人間がいるのも確かだ。

これだけ、ゆっくりのスピードでこられたら、誰だって明後日にはもう忘れちまうからな。

だからこそ、英知と危機感を持ったリーダー達の問題とも言えるだろう」

スミエも、いわゆるゾーン（超集中力）の状態になってきて、「角栄」の話に対して発言をする。

「地球温暖化が及ぼす影響は、まだすべてはっきりとわかってないものね。

でも、世界最高の科学者たちが想定しているスピードよりずっと速く、しかも想定外の気候変動が起きていると言うし……」

「それが一番恐ろしいことだ。対処の仕方がわからない驚異を、じゃあどうやって抑えるか？

という、問いだからな。

『地球温暖化』というのは、日本人がよく使っている言葉であって、多くの国では『気候危機』（クライメイト・クライシス）という言葉を使っている。

『温暖化』と単純に聞けば、暖かくなるだけと錯覚して、おだやかなものにも思えるが、わかってきている影響は、すべてにおいて鳥肌が立つようなものばかりだ。

気温の急激な上昇と急激な低下などは当然として、未知の病原菌の発生、風速50～100メートルクラスあるいはそれ以上の超巨大台風の襲来、さらに気候変動による砂漠化やゲリラ豪雨などの大雨地域の増加。

そして、南極圏や北極圏の氷河などの消失が海水面上昇による居住地の消失を招き、天候不順による作物への影響や海流と海水温変化による漁業の影響、海に二酸化炭素が溶け込んでサンゴが死滅する『海洋の酸性化』、つまりそれらは世界的な食糧不足の問題につながり、新しい『貧困や格差』を生み、戦争や紛争の火種となるのだ。

人類は、これまで、季節や暦、地理地形から計算をして、食糧生産のための農業を行ってきたわけだが、季節はずれの乾季や豪雨被害、あるいは突然の熱波や寒気、そして、超巨大台風の襲来となると、作物の生産者は全く仕事にならないわけだ。

最近は、アメリカでも竜巻が異常に増加傾向にあるし、日本でもやたらと竜巻や嵐が多い」

「つまり、地球温暖化によって、世界規模で農業が行えなくなり、世界的な食糧不足に陥るリスクが増加する、というわけね。そうでなくとも、ゲリラ豪雨や巨大台風の大災害でも、多くの人の命や生活も奪われちゃうしね」

「ああ、そうだ。しかも、たとえ今日や明日、二酸化炭素（CO_2）の排出を止めたからといっても、既に大気に放出されている二酸化炭素の影響というのは、数十年から数百年以上も残るともされている」

スミエや若いフォロワーたちは、本当にそんな脅威に人類たちは立ち向かえるのかと不安を感じ、少し身震いしたが、気を強く持ち直した。

「まさに、私たちの時代が正念場ということになるのね」

なぜ「人生一〇〇年時代」は人類の驚異なのか？

「角栄」の表情も、次第に真剣さが増してくる。

「そして、世界全体の『高齢化』だ！」

ダイゾーもキップルについ聞き返してみた。

「……え？　高齢化って？　それって、日本だけの現象じゃないのか？」

「いや、ちがう。確かに、『高齢化』が最も懸念されている国は、日本だ。しかも、ベビーブームなどもあったから、影響の出方も極端に大きいだろう。

また、『人口問題』に限らず、水道などのインフラの『高齢化』や『老朽化』というのも大きな問題で、日本全国に延びている現在のサビついた水道管だけを全て取り替えるには1兆円は下らないとされており、財政負担が今後拡大する。

当然、恐るべき問題は前者の人口の『高齢化』の問題の方だが、あくまで日本が一番早く影響が現れるということであって、先進国を中心に世界各国の人口動態のデータからすれば、この先、どの国も日本と似たような運命をたどることになる」

セイラも若いフォロワーも、そういった事実を初めて知り、ただ驚いている。

「で、その高齢化だが、日本では、ほどなくすれば高齢者4000万人時代が到来する。これに人口減少を考えると、一億人足らずの人口で、高齢者4000万人を支えるということだ。極端に言えば、約二人に一人が高齢者だ。

考えてみるんだ。一億人が、税金の他に、健康保険、介護保険や年金をどれだけ頑張って納めたとしても、４０００万人の高齢者を中心に、医療費や介護費、そして年金の支払いとして国民が納めたお金など、すぐに底を突いてしまう。消費税など『焼け石に水』に過ぎないだろう。

国民は、まるで高齢者ケアのために働いて税金や社会保険を納めることになってしまう。まあ、それで済めばいいが、そんなに税金払えません、という人も多く出るだろうし、問題は解決しない」

「そう考えると本当に恐ろしくなるわね。それが日本の将来の姿なんてね」

「そして、今後、迎える世界の超高齢化だ。２０５０年には、世界の高齢者はいよいよ20億人にまで達するのだ」

スミエは、想像以上の事態を立て続けに知って、思わず声が出た。

「……え？　20億人の高齢者ですって？」

「そうだ。日本で約４０００万人だから、世界で20億人というのは、全然不思議じゃない数字だ。つまり、日本では今後、約二人に一人が高齢者の時代、世界では大まかに約三〜四人に一人が高齢者の社会が到来することになる」

「せっかく医療が進歩して、寿命が格段に延びて、それはとても幸せなことだと思っていたのに、ここにきて何か、それが裏目に出るような話よね。年金の支払いとか絶対ムリそう」

「そうだな。そして最も残念な知らせがある」

「な、なんなのよ？　キップル？」

「先進国諸国には、いや、この世界には、こういった『超高齢社会』に対応できる『社会保障システム』は、未だに存在しない。どの国も増え続ける高齢者の医療費や介護の負担、そして年金などの支払いで、今後、甚大な財政危機的な状況に陥る。ＢＩ（ベーシックインカム）いわゆる最低所得保障の議論など吹っ飛んでしまうほどだ。そして最悪、労働や財政の維持のための移民政策も限界となり、各国で国家破綻が連鎖して、数多くの国に飛び火する恐れすらあるだろう」

それを聞いて、スミエも若いフォロワーたちも、一瞬、声が出ないほどの衝撃を受けた。言ってみれば、人類が初めて経験する局面に、自分たちが立たされていることがわかったからである。

「そして『人生一〇〇年』時代という言葉はとても良い響きなのだが、フタを開けると、それはつまり、高齢に伴う病気などで医療費や介護費が膨大になるか、もしくは、病気がなく健康に長生きしたとしても、年金の支払い額が膨大になるか、という『国家財政』の立場からすれば、恐るべき『究極の選択』のようなものなのだ」

「肉食化」が「温暖化」となる理由

「あと、世界の『肉食化』も大きな問題となっていることにも触れておこう。

これまで『牛肉』や『マグロ』を食べてこなかった人や地域、あるいは国で、経済発展が進み、アメリカや日本のような『食卓内容』になることだ。

日本だって、戦後の発展があったからこそ、今や『牛肉』や『マグロ』は、鉄火巻や牛丼など日常の食事となった。

経済発展をし続け、この10年程度で牛肉の輸入と消費が約100倍にもなった中国を筆頭に、アジア諸国やBRICS（経済新興国）で、『肉食化』が凄まじい勢いで進んでいる。

特に中国のような超人口大国で『牛肉』食や『マグロ』食が進んでいて、世界全体にまで影響が出ている。

それで日本に『マグロ』が入ってこなくなり、食卓からマグロが消える恐れすらある。さらに、牛肉の消費が進めば、『温暖化』にも拍車がかかる」

「……え?? なんで、それが温暖化なんかにつながってるの?」

「『牛肉』を作るのに、牛の放牧のため広大な森林伐採が進む。また、牛の飼料である『とうもろこし』の畑を作るのにもさらなる広大な森林伐採は進む。

更に牛肉1kgを作るのに、約2000ℓもの水が使われるとされる。牛の飼料であるとうもろこしを1kg栽培するために約1000ℓもの膨大な水が使われるからだ。

それで、地球上から森林が消えて、さらに世界規模で『水不足』も進み、森林破壊や環境破壊、温暖化に拍車がかかっているってわけだ。

まあ、牛肉をもっと食べたい裕福な人には、『温暖化』など関係ないのだろうがな。

それで、熱帯雨林で有名な南米アマゾンほどの大森林が地球上から消え去るのも時間の問題とされている」

人類は……もってあと50年だ！

「アインシュタインに匹敵すると言われた、世界的に有名な天才科学者であったイギリスのホーキング博士は、『人類は、もってあと１００年で滅亡する』と予言して、２０１８年初め頃に亡くなられている。

その２～３年前までは、彼は、あと１０００年は人類は大丈夫だろうと言っていたらしいが、その後、地球温暖化やＡＩ等の人類の進歩など様々なことを再度、独自の理論で研究したところ、亡くなられる直前には、今世紀持つかどうか、ということを大変懸念していたという。

つまり、世界最高の天才科学者から見ても、今のままでは人類存亡の危機が、数十年規模で訪れるということだ。『地球温暖化（気候危機）』という大津波が少しずつやってくる。そして、『世界高齢化』という大津波もほぼ同時刻にやってくる。

これから世界全体は、次第に近づいてくる台風のように、猛烈に雨風が強くなってくる。そして、2040年以降は、まさに世界中で暴風雨の吹き荒れるような社会に変貌するだろう。人類は、これまで人類史上経験もしなかった驚異を、四方八方から迎えることになるのだ」

「角栄」は厳しい眼差しで、そう語った。

「……うーん。温暖化で、暑く長い夏に、毎週のように超巨大台風に怯え、そして、台風やゲリラ豪雨での大雨洪水で、各地で甚大な被害が増える。

そして農業もままならず、食糧難に苦しみ、それに伴い、物価上昇や市場の乱降下も頻発してくる。さらには高齢化で、医療や介護、年金の支払いが追いつかず、自然災害対応により、財政もボロボロで最悪の状況になり、世界中が混乱と混沌に陥ってしまう。

日本では、南海トラフなどいくつかの大地震の恐れも年々高まっているというのに。でも、それが、私たちの未来だなんて……」

若いフォロワーたちもスミエたちも、これからやってくる「未来の敵」を前に、ただ立ちすくむしかなかった。

「ああ、だが、そういった状況に付け込んで、テロリズムや戦争などの『動乱』を起こす者たちも増えるだろう。……世界的な負の局面というのは、テロや戦争を起こすチャンスと思う『輩』がいることを忘れてはならない」

「角栄」は、厳しい面持ちでそう付け足した。

まだ、我々に時間は残されているのか?

そしてすぐに、ARに映る「角栄」が目を見開いて言い放つ。

「チームジパングの若者たちよ。果たして十分と言えるかどうかはわからないが、まだ時間は残されている!

人類全体が窮地に追い込まれる前に、日本、いや世界の、ありとあらゆる英知や技術、そして人脈を駆使し、温暖化(気候危機)の抑止と世界高齢化への備え、これらに対して万全の対策を打ち立て、同時にテロリズムや貧困の対策も考え進めなければならない。

『リーダー』というのは、そういった先々の状況を的確に判断し、そしてどう解決するのかを考え抜いて、それを国民に伝え、一致結束させて導かなくてはならんのだ!」

「まさに『人類史上、最強の敵』現るってとこかしらね。

私たちは、その永い戦いに勝利をすることができるか。正直、足が震えるくらいに恐怖は感じるけど……。でも、乗り越えるための忍耐と努力が必要ってことね」

スミエたちや若いフォロワーたちは、自分たちの人生において、これらの問題を決して避けて通ることができない「人生、いや人類最大の課題」と感じ、覚悟を少しずつ固めていった。

「角栄」は、続ける。

「この戦いは非常に長く、そして険しく厳しい戦いになるだろう。しかし、強靭な精神力と柔軟な知恵を持つ者たちが力を結集するのならば、人類は滅亡の危機を乗り越える可能性は十分にある。つまり、今後約50年間、いや、この10～20年間程度が、人類存亡にとって最大の主戦場になるだろう！」

勇気を与えるために、そう声を荒らげて手の拳を強く握りしめ、不安を募らせる若いフォロワーたちを、「角栄」は鼓舞するのだった。

「田中角栄の一問一答」コーナー

「はーい！　キップル！　ＯＫだ！　ストップ！　それまでだー！　よおし、じゃあ、キップルの準備運動はこれまでだ。では、続きまして～、全国のフォロワーの皆さんも生活の悩みや政治や社会の問題について、意見をどしどしあげてください！」

調子に乗ったダイゾーが、「田中角栄の一問一答コーナー」などというものを、思いつきでぶちあげて、いきなり始めてしまったのだった。

ダイゾーが全国のフォロワーたちなどの視聴者に、そうやって「ミッション」を投げかけると、早速、多くの問題点や意見などが寄せられた。

「……おおっ！　こ、こいつは、すげえな！　こんないっぱい意見や問題点が寄せられて……こりゃ、裁くのが大変だぞ」と、全国のフォロワーの声を中心に、世の中の「問題点」をホワイトボードにダイゾーが書きだす。

〈全国のフォロワーから寄せられた問題や意見などを抜粋したもの〉

・・・・・・・・・

【日本】

1　少子化（孤立化、人口減少、晩婚化、待機児童、未婚、婚活、妊活）

2　高齢化（老老介護、孤独〔独居老人〕、老人ホーム不足、老後破綻）

3　政治（政治とカネ、投票率の低下、選挙制度、憲法改正）

4　財政（財政赤字、年金、国債発行、消費税、医療費）

5　経済（マイナス金利、格差社会、仮想通貨、ブラック企業、非正規雇用）

6　社会問題（原発、震災、自然災害、福祉予算、生活保護、ＬＧＢＴ）

7　教育（教育無償化、学級崩壊、いじめ、自殺、ひきこもり、不登校、ニート）

8　環境（地球温暖化、自然破壊、ヒートアイランド、ゴミ問題、放射能）

9　労働（長時間労働、過労死、ワークライフバランス、ワーキングプア）

10　資源（電力自由化、レアメタル、原子力、自然エネルギー）

11　食糧（食の安全、農業、干ばつ、飢餓、食品偽装）

12　医療介護（がん、心臓病、脳卒中、うつ、依存症、医師不足、医療介護の人材不足）

【世界】

1　核兵器（北朝鮮問題）

2　地域紛争、宗教紛争
3　テロ、サイバーテロ
4　人口爆発
5　食糧危機
6　地球温暖化（CO_2、海面上昇）
7　環境破壊（森林伐採、砂漠化）
8　移民・難民問題
9　領土問題
10　慰安婦問題
・・・・・・・・

「田中角栄」からの提案

しかし、そんな有頂天のダイゾーに対し、「角栄」は解決すべき問題があまりにも多すぎることを指摘する。

そして、ここはダイゾーの「余興」などではなく、しっかりとしたビジョンである「国家構想」を考えて、日本という国の未来をつくる「総合政策」で、多くの課題を「一網打尽」にすることを、ダイゾーやフォロワーたちに逆に提案するのだった。

これをもって、ダイゾーの案である「田中角栄の一問一答」は速攻であえなくボツ、となった。

ＡＩロボ「田中角栄」の、新たな「国家構想」である総合政策とは何かについて興味を持ったフォロワーたちや、全く腑に落ちない様子のダイゾーも、キップルにお任せすることにした。

早速キップルは、フォロワーたちから寄せられた声と合わせて、得意のネット検索をフルに駆使し、様々な情報を片っ端から集めていったのである。

「田中角栄」のイノベーションとは？

「角栄」がネット検索を完了し、ＡＩ機能で分析をし続けながら、スミエやフォロワーに語りかける。

「よおし……ワシの方は、おおむね準備ＯＫだ。それでは、このホワイトボードの多くの問題を解決し、そして、新たな社会を実現させるための総合政策、すなわち新しい国家戦略とは何かを、『チームジパング』全員で考えようではないか。まず従来の『総合政策』あるいは『公共事業』というと、どういうイメージかね？　ざっくりでも構わんから、誰か答えてくれ」

「角栄」が、ふいに質問をフォロワーたちに投げかけると、回答する者がいた。

「あ、はい。私が思うに、公共事業あるいは総合政策（経済政策）というのは、その時代の政治や国家の象徴であると思います。

例えばですが、アドルフ・ヒトラー氏の『アウトバーン』、レーガン大統領の『レーガノミクス』、ルーズベルト大統領の『ニューディール』、オバマ大統領の『グリーン・ニューディール』、最近の日本における『アベノミクス』、中国の『一帯一路』構想、そして現在の米国大統領の『トランポノミクス』などが挙げられます。

また、古代エジプトにおいては、『ピラミッド』建造も公共事業の一環ではなかったかともされています。当然、諸説はありますが……。このように、その時代の国の骨格をなす総合政策や公共事業が、国家構想や国家ビジョンを実現させる戦略そのものであると思います」

「角栄」が、少し口元をニヤッとさせて言った。

「よっしゃ。なかなかいい調子だ。このようにその国の根幹である『総合政策』や『公共事業』のあり方というのは、まさに国を表すものであり、『国民と時代のニーズ』に合わせて変化させながら、その政策を打ち出していかなければならない。例えば、『ハード中心の公共事業』から、『ソフト中心の公共事業』というように。

そして、政府主導型から、民間のテクノロジーやビジネスモデルを駆使した民間誘導型、もしくは官民一体型の公共事業へ。さらに、資金面においても、従来の財政出動型の公共事業から、民間資金活用中心の公共事業へと変わっていくというイメージだろう。

そして何より、日本の『新しい公共事業』とは、『イノベーション』とも言えるような政策とならなければならない」

日本列島改造論

それでは、「角栄」がインターネットから引っ張ってきた、その新たな「国家構想」となるものとは一体何なのか？

それは、約半世紀も前に九〇万部超えのベストセラーとなった、まさに田中角栄氏が書いた『日本列島改造論』という著書であり、事実上の首相指名選挙ともいえる当時の総裁選の直前に打ち出した国家構想である総合政策「日本列島改造計画」であった。

ダイゾーやフォロワーの反応として、『日本列島改造論』の本自体やその政策内容などはよくわからなかったが、最新のＡＩロボが持ってきた国家構想ということで、大きな注目を集めることとなった。

「角栄」は言う。

「『日本列島改造論』は、『明治維新一〇〇年』を節目とした『国家構想』であった、と。従って、今回は、『明治維新一五〇年』を記念する『国家構想』を打ち立てるべきだ、などと声を荒らげたのである。

『日本列島改造論』という名前は、どこか昭和の時代を彷彿とさせるものであるので、現代版にアレンジして、新しい『日本列島改造計画』のネーミングを、超党派『チームジパング』で考えてもらった」

スミエたちや若いフォロワーたちとの様々な議論の結果、新しい総合政策は「日本ゼロ計画」

というまあまあシャープな名前に落ち着いたのだった。

「二刀流」の国家戦略とは何か？

そして、「角栄」は、この「日本ゼロ計画」を、「日本列島改造計画」の重要政策でもあった、①「インフラ整備」、②「情報技術（ＩＴ）の活用」、③「エネルギー戦略」、の三つの政策に分けた。

その一つ目の総合政策では「インフラの整備」によって、「貧困」「格差」や「地域経済」など「日本国民の生活」の課題を解決するもの、とした。

次に、二つ目の総合政策では、「情報技術、つまりＩＴなどのテクノロジー」によって「日本独自の成長戦略」を描くものとして、最後の三つ目の総合政策では、「新しいエネルギー総合政策」によって原発に依存しない「日本国の自立」を目指すとした。

これら三つの総合政策について「角栄」は、より「ブーム」に乗っかって、若者にわかりやすい表現をすることを意識し、この「日本ゼロ計画」を、「二刀流の国家戦略」と呼んだ。

そして、一つ目の政策を二刀流「壱の剣」と呼び、二つ目を「弐の剣」とし、さらに、三つ目を「零の秘剣」とした。

これは、いわば経済政策「アベノミクス」の各政策である「一の矢」「二の矢」「三の矢」といった「三本の矢」のようなイメージから連想しているものであった。

そんなこんなで、総合政策「日本ゼロ計画」なるものが、日本国民の超党派「チームジパング」が様々な問題提起をすることによって、最新のＡＩロボであるキップルが、得意の人工知能を駆使して、問題解決の政策提言をするという流れが固まったのである。

かつて昭和の黄金時代、「コンピュータ付きブルドーザー」と言われた田中角栄。今や、それに「人工知能」が搭載されて、さらに進化を遂げていたのである。

第三章　日本ゼロ計画　～甦る「日本列島改造論」

日本ゼロ計画その1

二刀流　壱の剣「なでしこ」――日本伝統と文化の抄

「角栄」が、壱の剣「なでしこ」のテーマについて語る。

「まず一つ目のテーマは、『日本列島改造計画』と同じく、『日本国内の格差解消と生活向上』の実現ということになる。いわば、『社会保障の充実』や『地域活性化』をすることで、経済力の格差だけでなく、健康や病気の不安、家庭の格差などもできるだけ是正し、国民の暮らしやすい地域を創る、というものである。

このことは、半世紀前の『日本列島改造論』においては、国内の『国土インフラや交通インフラの整備』によってもたらされるものとされていた。

当時、昭和の時代には『一億総中流社会』という言葉が確かに存在しており、『格差解消と生活向上』という目的については、驚く程ほぼ達成されたように見えた。

しかし、現在においては『新しい貧困や格差』が顕著に現れて、多くの国民が苦しみ、それを如何にして解決するかが問われれている。

ワシはもう一度、日本人の暮らしについて考えて、また様々な時代の中で、どのように『格差や貧困』に対して庶民や国民は向き合ってきたのか？　長い歴史を持つ『日本の伝統と文化』に則って、『日本国内の格差解消と生活向上』を図っていきたいと思う」

「角栄」は改めて、国民の格差や生活における負担などについて、気になる問題を列挙してみた。それは、医療、介護や育児に関する問題（人材不足、待機児童など）、うつ病やひきこもり、貧困（子どもの貧困、シングル家庭）、不登校、国民の孤独や孤立など、生活に密接な問題が国民の生活の中に山積しており、多くの国民が苦しみや不安の中で暮らしていることを物語っていた。

「角栄」は、戦後の「昭和の自慢の社会システム」であった学校や地域教育など、そして人が生まれてから死ぬまでの日本の「勝ちパターン」が崩壊し、おびただしい数の国民がこんなにも苦しんでいることに、「これが半世紀前に思い描いた未来の超文明社会の現実なのか！」と、声を出して泣いたのである。

同時に、「待機児童」問題や「待機高齢者」問題など、育児や医療介護について、国民として等しく税金や健康保険料を納めているにもかかわらず、行政サービスを平等に受けられないことは、納税者にとっては、不公平極まりないことだと、強く憤っても見せた。

フォロワーたちは、そんな「田中角栄」の姿に、「角栄さん」とはこんな人前で涙や感情を見せるような「人情」に厚い人なのか、と感心した。

「……進学、就職、結婚、子育て、マイホーム、退職、年金生活などといった、いわば『昭和の勝ちパターン』が崩壊し、ズタズタではないか！

現在の日本の社会保障システムのままでは、前に進んでも、後ろに進んでも崩壊してしまう。

今こそ、社会保障システム全体の見直しが必要なのだ」

などと語気を強めた「角栄」は、これらを現在の社会の仕組みのままで、ケアを手厚くしようとすると、大きなコストがかかることもわかっていた。

要は、多くの国民をケアしながら、税金など財政負担をかけずに、なおかつ、地域や国民が活性化するような仕組みが必要である、と考えたのである。

それに対して、フォロワーたちは、「そんなことは誰でもわかってはいるけど、ムリに決まっている。そんなのがあれば、とっくに、アタマの良い政治家か官僚、学者たちがつくっているよ」と言って、ため息まじりの声すら聞こえた。

しかし、そんな中でも多くのフォロワーたちの期待があり、また、ダイゾーも逆にこれは面白いチャンスだと感じ、このような困難なテーマでキップルの人工知能の分析能力を楽しみにした。

さあさあ、一体どんな面白い回答が出るのか？

「角栄」の答えは、増税なのか？　国債発行（借金）か？　医療や年金の財政支出の抑制か？　それとも国民の自己負担の増大か？　……果たして。

全国のフォロワーたちは、今の政治家たちと同じかどうか見極めようと、伝説の天才「田中角栄」の言葉に耳を澄ました。

その結果、……「自治会（町内会）の民営化」……というワードが出てきたのだった。

……？　はあ？　……これは、一体、どういうことなのか⁇

ダイゾーを始め、誰も想像だにしなかった回答に、呆気に取られるフォロワーたちや、答えがトンチンカン過ぎて全く話にならない、という怒りを覚えたフォロワーにより炎上する一幕もあった。

だが、そんなネットで騒然としたフォロワーたちの反応などお構いなしに、「角栄」は話を続けるのだった。

すっかり「田中角栄」となってしまったキップルが話を続ける。

「ワシには、かつてやり残したことがある……それは、『最後のインフラの整備』だ」

全員が、また意表を突かれた表情をし、スミエがすかさずフォローに入る。

「え？　本当に？　……でも、キップル。日本は、もう十分と言えるほどインフラは整備し尽くされているわよ。利権なんかが絡んで大変なくらいよ」

と、スミエが思わず失笑して見せた。

「では、お前の言うインフラとは何のことだ？」

「それは当然、ダムや道路、空港に港湾……とかのことじゃないかしら」

「うむ。だが、一般的なインフラとはそうだろうが、ワシは世界にはなく『日本にしかないインフラ』に目を付けとるんだ」

「……え⁇　そんなのあったっけ⁇」

チーム一同、眉をひそめ合って首をかしげた。

「それはつまり……地域のどこにでもある『自治会（町内会）』のことだ。あれは、広義の意味で『生活インフラ』である。お前の言うハードのインフラではなく、いわばソフトのインフラというわけだ」

フォロワーたちが、「角栄」の発した言葉に耳を疑い、あるいは聞き間違いかと思ったところで、ダイゾーが言う。

「え？　あの、キップル？　……また、やっぱり『自治会』って言った？　自治会って『祭り』とか『運動会』とか『地域清掃』とかをやっているアレだろ？」

「そう。ソレだ！　さらに言えば、『自治会』だけでなく『公民館』や『ＰＴＡ』そして『老人会』や『婦人会』なども含まれる」

「……いや、意外な答えに皆、かなりビックリしているんだけど、『自治会』と『社会保障』の関連イメージが全く湧かないけどなあ……」

フォロワーたちも、正直、まださっぱり意味がわからなかった。

「うむ。そりゃ、いきなり理解することはムリだろう。しかし、この自治会や公民館、ＰＴＡというものは、戦後からその役割はほとんど変わっておらん。

これも言ってみれば『戦後レジーム』（戦後の体制）そのものとも言える。今こそ、現代社会に適応するために古い体質の『戦後レジーム』から脱却する時が来たのだ」

チームジパングの全員は、「角栄」が何を言わんとしているのか、まださっぱり理解できていなかった。

そんな中、フォロワーの一人がツイートしてみる。

「先日、地域の消防団の出初式に行ってきましたが、消防団とかも関係しますか？　地域の消防団って、何か自分たちの『地域と暮らし』は自分たちで守る『自警団』みたいで、政治や行政に頼っていないカッコいいイメージです」

「角栄」が、それに対し、目を見開いて言った。

「おう！　良い質問だな！　日本の地域には様々な自主活動団体があるんだ。消防団も当然そうだし、さっきも触れたが、自治会（町内会）と公民館、婦人会、老人会、こども会にPTA、民生委員など。それらの存在が、今後の世界を大きく変えることになるヒントになるのだ」

まだ「角栄」の言わんとすることは誰もピンときていない。

続けて、さっきのフォロワーに話をふってみる。

「日本全国どこにでも、そういった自主組織があるんだが、ちなみに君はどこの住まいだ？」

と聞くと、フォロワーが長崎県の佐世保市に在住だと答えた。

だが、そう答えた瞬間、「角栄」の表情が険しく一変した。

「……な、なんだと！　佐世保だと？　昔、ワシの『金脈』だの『人脈』だのを丹念に調べ上げ、それが大っぴらになって日本中が大騒ぎになったんだ。『立花隆』という佐世保出身のジャーナリストがいてな……」

「角栄」は昔の心苦しい事件を思い出しながらも、懐の深いところを見せ、それ以上は語らなかった。

「話を戻そう。まあ、ちなみにだが、さっき出た佐世保市では、自治会（町内会）の数は約600で、長崎県でざっと5000程は存在するだろう。そして、全国でいえば、津々浦々……およそ30万ヶ所あるんだ。その自治会というものがな」

これを聞いたダイゾーが驚く。

「ええっ!? 全国に約30万もあるのか、自治会って。全国の『コンビニエンスストア』の数がざっと……約6万店くらいって言うから、その数字をはるかに超えるな」

「多くの政治家や役人が主に見ているのは、1つの内閣と12の省庁である政府と47の都道府県、そして、全国1718の市区町村の地方自治体くらいだ。

明治が始まった頃は、今でいう『(市区）町村』の自治体は約10万近くもあったんだから、相当スリム化されている。

しかしだな、日本の統治システムには、その『市区町村』の自治体の下に約30万もの自治会が存在しているわけだ。だから、やれ地方創生だの、行政改革だの、地方分権だのと言われるが、日本の統治機構を語る上で、『自治会』の存在を欠かすことなど決してできないのだ」

「確かに、今の政治の話では自治会までは、なかなか議論が及ばないなあ」

「それだけじゃない。『婦人会』に『老人会』に『子ども会』に『ＰＴＡ』あるいは『民生委員』や『消防団』など、それらを合わせると、全国に自主活動組織というのは、概ねだが、約１００万くらいはあるだろう」

フォロワーたちも、こういったことを聞くのは初めてで、驚きを隠せなかった。

「でも、それってすごいことですね。この日本に、そんなに地域組織があるなんて」

「しかも、だ。この自治会などは地方自治体の下部組織、いわゆる政治と行政の末端機能であるにもかかわらず、実は、法律にはどこにも明文化されてないのだ。つまり、憲法にも地方自治法にも存在はない！　民法でいう『任意団体』としての扱いしかない」

「ええと、それってつまり、『任意団体』ではあるけど『自治会』としての存在の『法的根拠』はナシってこと？　でも、じゃあ『会計』とか『税制』とかはどうなってるんですか？」

「会計は当然、国や自治体と同じく複式でなく単式簿記だ。年一回、町内で決算と会計監査をして、役所に報告すればよい。税制は、原則、『非課税』となっておる。源泉徴収などはない」

「え？　そうなんですか？　『非課税』!?　でも、自治会は、会長手当てや役員手当てもありますよね、確か」

「うむ。全国30万の自治会も大小様々だ。地域で１００世帯くらいのところもあれば、１０００世帯くらいのかなりデカい組織のところもある。中には、年間１００万円以上の役員手当てもあるくらいだ。だがやはり、『法人』ではなく、地域のためのいわゆる『公益事業』

であるし、自治体のいわば行政サービスの仕事を請け負っているわけだから、非課税はある意味当然とも言えるだろう。

しかしながら、例えば公民館に自販機やら太陽光発電やらを設置して、そこから販売収入を得たり、あるいは公民館の土地などの一角を有料駐車場にして賃貸収入を得たりすれば、それは『収益事業』とみなされて課税対象となるだろう。

さらに詳しく言えば、税制上の23種類の『公益目的事業（子どもの育成事業や老人の福祉事業など）』にあたるのか、あるいは34種類の『収益事業（物品売買や土地の賃借など）』に分類されるかの話になるのだろう。

世界の多くの国は、基本的に『議会制民主主義』、すなわち議会（政治）と行政による『富と税の再配分』という仕組みで成り立っている。

しかし、どの国も高齢化で、医療や年金などの社会保障費が増大し、今後は、いよいよ財政がもたないとされている。どうしても年金の長期的支払いや医療費などで、高齢者へのケアへの手当てが膨らんでしまうからだ。

改めて『議会制民主主義』というのは、国民が税金を納税し、政治家が議会でその予算を振り分け、そして各省庁や自治体で官僚や公務員が公共サービスやインフラ維持や整備を行う、というものだ。しかし、この仕組みだけでは自ずと限界がくるのだ。

そこで、世界の有識者は、日本のように税金をあまり使わずに、『寄付』や『会費』で地域を運営して維持する取り組み、すなわち日本の『自治会』組織というものに着目しているわけだ」

「そもそも、ここは日本だ！　日本には、日本の伝統的政治のスタイルってのがあるはずだ。『議会制民主主義』は、言わば西欧の『議会』と『行政』を中心とした政治スタイルに過ぎない。もっと、日本は日本らしく、日本流の政治スタイルを前面に出していかねばならない！」

フォロワーたちの関心度が高まり、ツイートが増える。

「なるほど、確かに、地域の活動はボランティア性が強く、補助金は一部あったりするけど、基本的に住民の『自治会費』や『寄付行為』で成り立っている。つまり税金に頼らない地域運営ってわけか」

「そうだ。それで、先ほどのフォロワーが話していた消防団の話に繋がってくるわけだ。例えば、日本の地域の自治組織に、もし消防団や自治会がなかったらどうなると思う？」

「その役割を、全て市区町村や地方公共団体、自治体の消防局が担わないといけませんね……」

「つまり、役所がそれを全て担うということは、それだけ多くの税金がかかるということなのだ。なので、日本の社会システムは確かに議会制民主主義であるが、自治会や消防団があることで、税の負担がかなり抑えられていることになる。

すなわち、地域の維持管理の役割について、『行政』と『地域組織』がうまく『役割』と『負担』を分担しているわけだ。従って、例えば『防災』については、『役所』の『消防署』と地域の『消防団』が分担しており、地域生活の様々な維持管理については、『役所』と『自治会』で分担されていることになっている。

あるいは、『教育』においても、学校教育だけではなく、『こども会』や『ＰＴＡ』という組織で地域教育の役割と負担を、各々が分担しているということが言えるだろう」

スミエも若いフォロワーたちも話を何とか理解できてきて、少しずつ目が輝いてきた。

「海外から注目される『日本の仕組み』ってことね！」

「そうだな。だが、それだけ自治会や子ども会にも負担がいっているから、ほとんどボランティアでやっているというのも問題なんだがな。税金がそれで抑えられているとはいえ、その地域組織の『手当て』などは、今後考える必要があるだろう」

スミエが顎に指先を当てて、いろいろ考えながら答えてみる。

「……でも、確かにそうよね。全部『議会制民主主義』で、政治や行政中心の仕組みだけで行ってしまうと、『税金』なんてどんどん上がっていくばっかりだもんね」

「いま、日本国民は、国の一般会計だけで言えば、年間でざっと60兆円の税金を納めていて、そのうちの半分の30兆円が、政治家や官僚・公務員などの人件費に使われているんだ」

「うわー。行政やら公務にかかわる人件費って、やっぱり割高ですよねー」

ダイゾーが予想通りの反応を見せてくれる。

「だから世界の有識者は、日本の『自治会』組織のような税金のかからない低コストな社会システムに関心を寄せているのだろう」

「角栄」は、現在のコストの高い政治や行政サービスに「税金」を納める現在のスタイルではなく、住民が主体となって自分たちの「寄付金」や「町会費」などで運営するスタイルにこそ、今後の新しい政治というものをイメージしているのであった。

なぜ「自治会」はできたのか？　――大政翼賛会

現在の自治会の役割は、「天満宮祈祷」「お祭り」「運動会」「環境美化（ゴミ管理）」「防犯」「情報共有（回覧板）」などが行われており、その他「防災」「交通安全」「高齢者見守り」なども行っているところも多く、その活動はほぼボランティアで行われている。

セイラが、うーんと首をかしげて疑問を口に出してみる。

「……でも、この日本の自治会って、そもそも一体何なのかしら？」

「うむ。諸説はあるんだが、現在の『自治会』は、戦時中のいわゆる『隣組』が前身だとされておる。第二次世界大戦の時に、大政翼賛会（当時の政党の大連立のようなもの）が『隣組』を編成し、戦時中における庶民による地域の護衛部隊（銃後）として、『食糧や物資の供給』や『戦火の消火活動』などを行っていたのだ。

しかし、その『隣組』は、一度は戦後、ＧＨＱに解体されたが、その後すぐに復活している。

余談だが、ＧＨＱはおそらく『隣組』は旧日本軍の末端機構と判断して、解散させたのだろう。

また、この『隣組』というのは、江戸時代の『五人組』がその前身とされ、さらに歴史を遡れば、一千年以上も前の古代律令制における『五保の制』にまで遡るとも言われている。

さらに歴史を遡って、海を渡った先の大陸にあった古代中国においては、『隣保《りんぽ》』という制度があり、各地の郷村で隣保組織が存在しており、秦の時代の什伍制《じゅうごせい》や、唐の時代の隣保制には『保』（五戸）や『隣』（四戸）という単位が存在しており、『治安の維持』や『防災』、そして徴税の『連帯責任』などを負わせるのが主要な目的とされ、それらの制度はいわゆる日本の『自治会』の最も古い祖先の一つであるとも考えられている」

「日本の近代までは、『廃藩置県』と学校で習ったように、『州』や『藩』などの日本の地域を統治する単位があった。

『明治維新』の立役者たる薩摩のある九州だって、肥前・肥後・豊前・豊後・筑前・筑後・薩摩・日向・大隅……これで九つの『州』だから、九州と言うだろう？

現在の日本は、都道府県と市区町村で地域の自治統治機構を表しているが、律令制の時代は、地方自治は、『郡』という大きい単位や『里』あるいは『郷』という集落の単位、そして家五軒（五戸）のことを『保』という単位で管理していたのだ。

すなわち古代日本でいわれる『五保の制』とは、隣り合う家五軒を一つの保の単位と考え、そこにおける年貢の徴収の『連帯責任』、そして庶民が互いに支え合う『相互扶助』や、火事などの際は地域全員で火災の消火活動にあたる『一致団結』や『防災』あるいは『治安維持（防犯）』を決め事として存在していたわけだ」

つまり「自治会」の起源や歴史を辿ると、「連帯責任」「相互扶助」「一致団結」など、日本の庶民の社会の歴史そのものであることがわかる。

「このことから、永らく日本の歴史において、常に『権力者』たちは、現在でいう『自治会』のような仕組みをうまく利用して、『地域の自治』というものを、ある程度『地域社会』や『庶民』に任せながら、『住民統率』や『年貢の取立て』などを行ってきたことが窺えよう。

そして、地域の庶民からしても、この政治と行政の『末端組織』とうまく向き合って、自分たちで使いやすいように『相互扶助』や地域で支え合う仕組みを構築してきたものと考えることができる。

すなわち、日本の地域社会の歴史というものは、『権力者と庶民』の相互関係の歴史であり、その各時代において絶えず進化をし続けてきた、庶民と権力者の間の組織である『自治会』の歴史でもあったというわけだ。

従って、今は都道府県と市区町村という単位に変わってしまっているが、全国各地の自治会には、昔から伝わっている地域の文化や伝統が多く残されていることだろう」

「そう考えると、貴重な日本の文化と伝統よね。世界から刮目される全国の自治会も、高齢化と人材不足で存続の窮地にあって、いまや風前の灯火だものね」

スミエもフォロワーたちも、長い歴史を持つ日本の「自治会」が、新しい「政治の可能性」を秘めており、せっかく世界から注目を浴びようとしているのに、年々、参加率が低下している現状について、とても残念に感じた。

「あと、合わせてだが、全国の『自治会』とほぼ同じ数で、『公民館』も存在する。『公民館』の呼び名は、『生涯教育センター』や『子ども老人館』あるいは『集会所』などがあるが、それらを含めて全国の地区公民館の種類は、実に様々だ。

これは、明治維新の影響によって、都市部や地方において教育格差や経済格差などの歪みが発生し、農村の活性化や社会教育の向上を目的として各地で整備された施設が前身とされ、現在の社会教育法上の公民館は、戦前の文部省の『社会教育館』構想というものが原型とされている。

また、同じように、ＰＴＡ（Parent Teacher Association）というものがある。

これはおそらくアメリカのＰＴＡを参考にして日本にも導入したと思うが、成り立ちは他と似たようなもので、明治維新後の貧困や財政難の中で、地域の教育の向上のために地域の庶民がお金を少しずつ出し合い、学校や教員を資金的に援助し、それによって学校運営を行う『後援会』組織というものだったのだ。これも『法人』でなく任意団体であり、法律の明文化などはない。

どれもが、近代や戦後の貧しい暮らしを支えた日本人の知恵でありレガシー（遺産）なのだ。

このように、日本全国の各地区には、必ずといっていいほど、『自治会』(町内会)や『公民館』が存在し、『婦人会』『老人会』『子ども会』や『PTA』、そして『消防団』あるいは『民生委員』などといった政治や行政の末端組織、あるいは自主組織の機能が存在する。

現代の『老人会』というのもまた、平安時代に同じ信仰を持つ人々の結社であった『講』などの相互扶助組織まで遡り、その形を受け継ぎながら千年以上存在するとされており、『婦人会』もまた古く、明治時代から存在し、女性による修養組織や銃後(日清日露戦時中の後方支援)として創られ百年以上の歴史があるとされる。

いわゆる明治維新や日露戦争後や第二次世界大戦などの戦後の状況というのは、現在の日本と違って、民間も政府も自治体もお金がなくどこも貧しかったため、社会や地域を安定させるため、税金だけに頼らず、日本人の知恵を凝らした様々な創意工夫が、官民一体となって日本中で広くなされておったのだ。

ワシは、この『自治会』(公民館などを含め)というのは、日本人の歴史における優れた『産物』であり、同時に、この『倭国』の先祖代々から、子々孫々のために受け継がれてきた『伝統』そのものであり、広義の意味での日本最大、そして独自の『インフラ』であると考えておる。

また余談ではあるが、世界には米国ポートランドシティのネイバーフッドアソシエイトなどのように、各国でも住民本位の似た組織が見られるのだが、全国的にここまで洗練された組織というものは、日本の『自治会』や『町内会』をおいて他に例がほとんどない」

「じゃあ、どうやったら、これら全国30万もの『自治会』が、お前たち若い者でも、これは面白いと感じる組織になるか、考えたことはあるか？」

「角栄」の質問に、スミエが答えてみる。

「でも、やっぱり住民の『ニーズ』が大事だと思うわ。若い人達や新しい住民が、これなら参加したいって思うものがなければ、参加はしないだろうしね」

「角栄」の口元が少し緩んで、ニヤッとした。

「おお。たまにはいいことを言うじゃないか。民間企業で言えば『市場のニーズ』とは全てだ。それに応えなければ、企業は消えてゆくだけだ。だから、『市場のニーズ』に応えていくことをワシは『民営化』とも呼んでいるわけだがな。

では、そのお前たちの言う『ニーズ』とは何だ？　ヒントとしては、生活に密接な問題と言えるだろう」

一同、うーんと考え、スミエが口火を切る。

「生活のニーズかあ……、あ、例えば、いま問題になってる『待機児童』とか、あと『介護』の問題とかかしら？」

「うむ。ビンゴだ！　さっき、『地方自治体』（市区町村）と『自治会』（地域組織）の役割分担について、長々と講釈をたれてやったばかりだが。しかし、よくよく考えてみると、いまの日本ではあるべきものが、実はないのだ。

例えばだが、『防災』については、市区町村の『消防署』と地域の『消防団』が役割を分担している。

あるいは、地域の『教育』についても、例えば、『学校』と『子ども会』や『PTA』などが分業を図っている、といえるだろう。

また、地域の清掃やゴミ出しなどの『環境美化』、そして『交通安全』『防犯』などの地域の維持管理については、『役所』と『自治会』がある程度分業を図り、上手く棲み分けをしている。

では、いま、全国で問題になっている『事案』については、果たして多少なりでも『行政』と『地域組織』で分業が図られていると思うか？　どうだ？」

この「角栄」の質問が飛び出した瞬間に、あるフォロワーが何かに気づいた。

「あ、な、ないです。確かに、『防災』や『教育』は、『自治体』と『地域コミュニティ』がある程度、分業をしているのに、いま全国であれだけ問題と言われていて、地域住民の生活にとって欠かせない『子育て』や『介護』について、ほとんど見当たりません！　児童福祉法に基づく『学童保育』が近いくらいです」

「そうだ！　不思議に思うだろう。『学童保育』はいわば行政委託組織であり、地域組織ではない。『防災』『教育』『環境美化』『交通安全』『防犯』の生活の主要項目には、『自治会』を中心に、地域のサポートがある程度なされている。

しかし、『介護』について言えば、『自治会』や『公民館』などでなされているのは、ほとんど全国でも介護予防体操や健康体操くらいだろう。

そして、同じく、肝心の『子育て』については、ほとんどが地域組織はノーマークの状態だ。

仮にこれが戦後であったなら、地域のママさんたちが交代で集まって知恵を出し工夫を凝らして、『公民館』に子どもを預かったりして、『待機児童』問題などはまずあり得なかっただろう。

基本的に『公民館』は普段、空いている時間が圧倒的に長いから、地域の資産であるのに十分に活用されているとはいえない。しかも、さらに不思議を言えば、現代ではなぜか『介護』や『子育て』は、『行政』の仕事のように扱われている。

人間の歴史において、現代のように『行政』がこんなにも『子育て』や『介護』に介入したことはまずなかった。ましてや、行政に頼れば、コストも高いし、税金も高くなる。

そして、規制も強くなるから、今のような待機児童や待機高齢者などの問題にもつながりやすくなろう。地域組織中心の介護や育児の何らかの支援体制があれば違う結果になるはずだ」

「角栄」の考える新構想とは何か？　――インフラ整備への熱き思い

「ワシは、かつて『日本列島改造計画』で、『インフラ整備』による全国の格差解消を目指した。だが、道路やダム、空港や鉄道といったハードのインフラ整備だけでは不十分だったのだ。

全国約30万もの『自治会』のような、いわばソフトの生活インフラを整備することを、ワシは見落としていた。

それで、あるべきはずの地域の『介護サポート』や『育児サポート』などの『生活支援』の重要な機能が今の自治会にはなく、時代のニーズに合わなくなった自治会は、住民に必要とされずに、今の状況に陥っているのだ。

これは、国民と自治会、お互いにとって不幸なことだ。『自治会』は、日本の古代から、その時代に合わせて進化を遂げてきた。現代の自治会も、今の時代に適合するカタチに進化させなければならない。

また、別の視点で見れば、これまでの『行政改革』の中で、日本国有鉄道（国鉄）の民営化（JR）、日本専売公社の民営化（JT）、そして道路公団民営化や郵政民営化（JP）など、さらに『市区町村の平成の大合併』（地域行政組織の統廃合）など、確かにこれまで様々な改革、あるいは『民営化』や『スリム化』ということがなされてきた。

しかし、同じ行政の末端機能でもある『自治会』などの改革は、これまで手がつけられてこなかった。

全国の1718もの『市区町村』の先にある『生活組織』、すなわち、もっとも国民生活に密着している政治と行政の末端組織である自治会（町内会）あるいは『PTA』などを改革することで、国民の生活に関わる多くの問題を解決することができるはず。

つまり、ハードではなくソフトのインフラ改革が必要であり、わかりやすく言えば、すなわち『自治会（町内会）の民営化（あるいは産業化）』を図る、ということになってくるわけだ」

「角栄」の話から、若いフォロワーたちは、ようやく「ソフトのインフラ改革」や「自治会の民営化」の本当の意味を理解し始めたのである。

「今でも『自治会費』というものが存在するが、住民同士でお金を出し合って、地域の問題を解決するという方法は、昔ながらの『相互扶助』の機能の名残りといえる。

まあ、そもそも、現代の医療や年金などの『社会保障制度』というのは、元をたどれば、この地域の『相互扶助』から始まり、それが『農業協同組合』（農協）や『生活協同組合』（生協）のような『組合』などにカタチを少しずつ変えていきながら、現在の社会保障制度に行き着いているわけだ。

言ってみれば、現在の社会保障制度とは、そもそも地域の人々の『相互扶助』機能が発祥であり、それは日本では古くからの『自治会』という御先祖様たちが作った組織が、昔の社会保障の一翼を担っていたと言えるだろう」

スミエが手をポンと叩いて言った。

「そっかあ、なるほど。現在の社会保障が制度化される以前は、地域の『自治会』や『組合』などの、住民同士が支え合う『相互扶助』そのものが社会保障だったというわけね」

「うむ。そして、その日本の新しいインフラ全体の大きい枠組みについてだが、ワシは厚生労働省の官僚たちが作ってくれた『地域包括ケアシステム』という構想をベースに考えておる。

まあ、これが一番わかりやすいはずだ。

これは、これからの介護や医療というものについて、これまでのように介護施設や病院でのケアを中心とするのではなく、地域において、とにかく健康の維持管理、あるいは病気や介護の予防を徹底して、『在宅介護』や『在宅医療』を中心としたケアに変えていくというものだ。

今後、日本では4000万人規模の高齢者を今までのように、施設や病院で診ることは現実的に難しく、さらに『人材不足』や『財源不足』の問題などもある。

普段の生活や地域での予防や健康維持をすることで、超高齢社会をできるだけ住み慣れた地域でスムーズに過ごそう、というわけだ。

要は、今と同じやり方で突き進めば、医療財政や介護財政が膨らみ続け、さらなる大増税になり、高齢者や患者、そして医療介護の現場を始め、国民も政府も、負担ばかりが重くのしかかり、より大きな社会不安要因となってしまうから、『ケアの仕組み』全体を見直す必要がある。

また、国民のおよそ80％の人も、住み慣れた地域での老後生活を望んでいるわけだしな。あと、ワシの考えでは、この地域包括ケアの中に、『育児』サポートを加える構想だ。つまり、『医療』と『介護』、そして今問題にもなっておる『育児』を含めて、地域全員でおこなっていくのだ。

これは言わば、『ポスト平成』時代の国家と国民を守るための新しい『国民総動員』計画ともいえるだろう」

「先にも話したが、世界の有識者の間でも、にわかに日本の『自治会』が注目されてきておる。『自治会』のように、地域住民の自主活動組織のことを、世界では『ソーシャルキャピタル』（社会資本）などと社会学の専門用語で呼んでいる。

厳密には、地域の教育向上や高齢者の見守り、防犯や防災などの安全、地域ネットワークの向上など、住民が住みやすい環境を自主的に整えていく『地域コミュニティ』などとされる。

それはつまり、現在、先進国では当たり前となっている議会（政治）や役所（行政）による『税と富の再分配』システムではなくて、住民ができるだけコストの高い議会や役所に頼らずに、自分たちで『知恵』と『お金』を出し合って地域の問題を解決していく、という仕組みなのだ。

従って、なるたけ税金に頼らず、自分たちの地域で解決できるところは解決したほうが、コスト的にも、そして住民同士の『コミュニティ向上』にも良い効果があるということなのだ。

つまり『自治会』が存在することによって、地域の消防団やPTAなど、行政だけに頼らず、負担を地域と分かち合うことで、大きな行政コストや増税が発生することを防ぐことができるわけだ。

地域住民の『ソーシャルキャピタル』がしっかりしていれば、『介護』さらには『子育て』など地域や生活に密着した問題を、国や自治体に全て『お任せ』するのではなく、地域が中心となって一緒に解決でき、それにかかる国民の財政負担も大きく抑制でき、政治や財政、及び地域住民の生活もより安定し、なおかつ安心して生活を営むことができるわけだ。

つまり、日本の『自治会』の仕組みというものは、いま高齢化と社会保障の問題で財政難に陥り、長期の景気停滞の中で消費税や付加価値税（欧州でいう消費税）増税を、実施すべきかどうかについて、頭を抱えている世界中の政治家や有識者が考え行き着いた理想の社会システム像に近いと言えるだろう」

「だから、多くの世界の有識者は、日本の自治会という『ソーシャルキャピタル』という組織に注目をしつつあるんですね」

「その通りだ。つまりは、さっき話したように、現在の議会制民主主義の政治すなわち『税と富の再分配システム』には限界があるから、世界の有識者たちは今、そういう現在の『政治の弱点』を新しい『ソーシャルキャピタル』というもので補っていこうと考えているんだ」

「角栄」の考える「社会保障」とは何か？

「ワシは、国民の医療や年金、介護や子育て、そして生活全般の保障といったものを国の法律や社会保障の制度で全て賄おうというのは、大変な『おごり』であると思っている。

現代の政治の根幹である『社会保障制度』の成り立ちについて考えてみよう。

社会保障制度が構築される以前の時代、人々は、自治会の起源でも記したように、近隣の住民同士でお互いの生活を支え合っていた。いわゆる『相互扶助』というものだ。

当然ながら、人々は皆支え合っていかなければ生きてはいけない。

まだ社会保障のない時代には、地域の庶民同士でお金を出し合って、地域の身内や仲間の『葬儀』を執り行ったり、あるいは生活に困ったときは、食糧を分け合ったりするなどして、住民がお互いに頼り合って暮らしていた。

この『相互扶助』の機能は、特に産業革命などの急激な社会変化が起こり、貧富の格差が大きくなったことによりイギリスで盛んになったと言われている。

『相互扶助』は、時代とともに少しずつ形を変えて、現在のような『協同組合』(農業協同組合、生活協同組合)、あるいは『労働組合』のような『組合』としての組織に形を変えたり、あるいは救済制度として法律化されて現在のような『社会保障制度』へと変化していったわけだ。

よく、格差を生み出す経済発展や産業変革は『悪』である、という議論がなされたりする。しかし、産業革命や経済のグローバル化を見てもわかるように、経済が成長すると技術やノウハウが飛躍的に向上すると同時に『労働や人の価値』が低下し、『社会保障』全体の強化や見直しの議論が巻き起こり、結果として、その時代にふさわしい『社会保障』が確立されることになる。

だから、現代のようなイノベーション(産業変革)や大きな構造改革が起ころうとする時というのは、社会的貧富の格差に備えて、社会保障制度の充実に合わせて、『相互扶助』や『ソーシャルキャピタル』を組み入れるという『社会保障のイノベーション』が起きる歴史的転換点であるといえる。

つまり、今後の『ＡＩ』や『ＩｏＴ』あるいは、ドローンなどのロボットの革命的進化である『イノベーション』に伴う様々な格差の発生や、先進国の高齢化に伴う財政難、あるいは社会保障が一度破綻したことのあるイギリスの事例（イギリス病）からも考察してみる。

すると、国民の暮らしを十分に支えるためには、『社会保障制度』だけでは限界があり、国民生活と社会保障制度の中間機能、つまり地域の暮らしの中にある『ソーシャルキャピタル』や『相互扶助』の機能の活用というものが大変重要になってくるということになる」

なぜ、税金ゼロでも行政運営ができるのか？

人工知能である「角栄」が、疲れることも知らずに話を続ける。

「まあ、それとだが、国民が納めた税金で社会システムを循環させ維持することを『税と富の再分配システム』（議会制民主主義）とするならば、『税金』ではなくて、『寄付金』で循環させる手法もあるんだ。それを『ドネーション』と呼ぶ。

ええとだな。ヨーロッパ、確か、イギリスの事例だったと思うが、ある美術館か博物館を、試しに入場者や住民、国民の寄付金だけで運営させたそうだ。

するとどうなったと思う？　それまで、その博物館にかかっていた税金や入場料以上の収入があったというんだ。つまり、しっかりとした住民や国民のニーズが存在すれば、そこに税金をかけなくても、十分に民間の寄付だけで運営することが可能だったというわけなんだ」

「へー！　すごい！　そんなことができるんだったら、世界でも日本でも税金をかけずに、行政を運営できる可能性があるってわけか！」

あるフォロワーは、「それって、……20へぇくらいかな！」と言ってみると、

「な、なに⁉　20へぇだと？　……いや、30へぇは軽くいくだろうよ？」

などと、「角栄」がここは軽く応じてみせたところ、わかるフォロワーたちから多くの反響があった。

「角栄」はさらにエンジンがかかり、ここぞとばかりにダイゾーに集中砲火を浴びせる。

「おい、ダイゾー。お前、『ソーシャルビジネス』と『マイクロファイナンス』って聞いたことはあるか？」

「し、知ってるとも！　キップル君！　それってノーベル経済学賞のビジネスだよ」

「違っとるぞ！　ノーベル平和賞のビジネスだ！　よし、せっかくだから、お前が国民と読者の皆さんに、触りだけでいいから講釈をたれてみなさい！」

「ムハマド・ユヌス氏というノーベル平和賞を受賞したバングラデシュの学者がいます。彼が『ソーシャルビジネス』と『マイクロファイナンス』の提唱者と言われています。

そもそもソーシャルビジネスは、実は『社会課題解決ビジネス』とも呼ばれていましたが、私が以前聞いた逸話は次のような話です。

ある国の山奥に、貧しい村がありました。

その貧しい光景を哀れにみていた実業家に、ある村人が『ニワトリを飼って、生んだタマゴを売って返済するので、少しだけ資金を貸してくれないか？』とお願いしました。貧しい人のためになるのなら、それくらいはと、実業家は親切にも『無担保』で村人に少額ながらお金を貸しました。

村人は早速、ニワトリを飼ってタマゴを産ませました。そのタマゴを他の村人に売って、そこから得たお金でさらにニワトリを飼ってタマゴを売っていきました。

次第にお金が貯まって、いいエサをニワトリに与えると、良質なタマゴがいっぱいでき、それを繰り返し売っていくと、ある程度の資金を村人は得ることができました。

あっという間に借りていたお金を返済でき、それを目にした実業家は大変驚きました。

さらに少しずつ投資を募って、それを設備投資に振り向け、養鶏場の環境を整備しました。そうすると、良質のタマゴはたちまち評判になり、その貧しい村では、タマゴを使った美味しいケーキやオムレツ、それを売るお店やニワトリの養鶏場の増設など、大きい産業へと育ちました。

するとあの実業家が戻ってきて、さらに多くの投資を行い、いろんなタマゴの料理やお菓子を作ったり、レストランやパティスリーを開店したり、あるいは工場でお菓子を作って多くの地域に販売したりして成功し、たちまちのうちに何もなかったところから他の地域でも有名になっていったのです。

　つまり、わずかなお金を、最初は無担保融資することで、ビジネスを成長させ軌道に乗せて、『貧困』という社会問題を乗り切り、地域に産業を興し、『雇用』をつくることができたわけです。

　また、社会貢献と思って投資をした投資家も、結局はビジネスが大きくなったことで、大きな利益を得ることになりました。

　これが、『ソーシャルビジネス』を起点とした『マイクロファイナンス』の物語です。

……こんなもんでいいか？　なあ、キップル？」

「結構！」と、「角栄」が一言、返事をした。

「……あ、ニワトリがたとえだっただけに、ケッコー！　ときましたね。ケッコー毛だらけ猫灰だらけ！」

「やかましいっ！　いつも一言多いわい！」

「もし、『自治会』や『PTA』が、現在の日本の地域住民や国民のニーズに応えようとしていれば、今の日本各地で起こっている様々な問題も、ここまで大きくならなかっただろう。

『PTA』の本来のミッションが、学校の運営や地域教育のサポートであるのであれば、休日の部活参加などの『過労問題』に苦しむ教員サポートや、保健室にいつも出入りする生徒の家庭サポートや精神面でのサポートを、地域ぐるみで解決しようと動くことが本当の姿と言える。そうすれば、『子どもの貧困』対策にもなるだろうしな。

そういった地域住民や国民たちの現在の『真のニーズ』に合わせていかなければ、『自治会』も『ＰＴＡ』も、今後は自然消滅していく運命だろう。

まあ、あと一般的にだが、『自治会』の役割といえば、『天満宮祈祷』や『お祭り』、そして『運動会』の三つが中心だ。それに『交通安全見守り』や『環境美化（ゴミ管理）』などもある。

つまり、これらのメニューをうまく組み替えて、現代の生活のニーズである『家事・育児・介護』を中心に行っていくのだ。

『介護・家事・育児』というのは、そもそも家庭と地域の『相互扶助』の中で行われてきた。近隣住民同士、いろいろと困ったときはお互い様だからな。

昨今、自治会離れや、夫婦共働きで、自治会や地域コミュニティの役割が薄れて、当然、高齢化問題や新住民の密集化問題もあり、介護や育児を行う住民環境が極端に失われ、待機児童などの育児の問題や、介護離職などの問題に発展してきておる。

そこで、『介護・家事・育児』を中心とした、新しい役割を担う『自治会』が必要になってくるのだ。しかしながら、多くの町内活動をこれまでのボランティアで全て行うというのは、限界が来ておる。

やはり、自治会で役員報酬が存在するように、介護や育児などに関わる人への『報酬』は、あって然るべきだろう。それを可能にするのが、さっきの『ソーシャルビジネス』というわけだ」

「あ、なるほど〜。自治会で『ソーシャルビジネス』を試してみるわけね」

スミエが、ポンと手を叩いた。

自治会とＰＴＡに「働き方改革」が必要なワケ

「改めて『ソーシャルビジネス』というのは、社会事業活動のことで『非営利活動』だ。しかし、非営利活動だからといっても、もちろん組織としての利益は取らないが、労働に対する最低限の対価はしっかり支払う、というものだ。これはとても理にかなっている。最近よく、『ＰＴＡ』問題などで言われるが、長時間の会議や出し物の準備にかかる時間などは拘束時間にあたる。これは、拘束時間である以上は『手当て』がやはり必要だろう。手当てが発生すれば、誰もが時間には厳しくなるので、だらだらした会議にはならない。一時間ならきっちり一時間と厳守されるはずだ。また、『手当て』なしの強制的な拘束時間となれば、サービス残業をひたすらさせている『ブラック企業』と何ら変わりはないから、大きな問題となる。

もし仮に、『自治会』や『ＰＴＡ』の拘束時間は『別もの』だと考えるならば、それは、政府が行っている『働き方改革』にも逆行することで、自治会やＰＴＡの問題だけでなく、そして、地域をマネジメントしている政治家（地方議会、地方議員）の問題にも繋がってくる。参加者はもっと声を上げなければならない」

なぜ、「介護保険のヒミツ」に国民は黙っているのか？

「よし。それでは早速、『自治会ソーシャルビジネス』の比較対象である、現在の公的介護保険制度（介護保険法）を考えてみよう。

『介護』には、大きく分けて、洗濯や掃除や買い物を支援する『生活援助』と、食事介助や入浴介助やオムツ交換などの『身体介護』に分けられる。例えばだが、いまの介護保険制度を使ってだな。ホームヘルパーに介護の生活援助、つまりは掃除や洗濯や調理などをお願いすると、介護費用はいくらかかるかわかるか？　大体でいいぞ」

スミエが、ササッと資料を読んで答える。

「……えっと、30分でざっと2000円くらい……1時間で3000円くらい……？　あれ？そんなにするのかな？　だって、内容は、『掃除』や『洗濯』、『買い物付き添い』や『調理』なんでしょ？」

フォロワーたちも、その金額設定はおかしいと首をかしげた。

「いや、それで金額はあってる。それが今の介護保険制度だ。費用の1割は自己負担で、残りの9割は、国民が納めた税金や介護保険で負担される」

「……でも、3000円だったら、利用者は1割負担だから300円で済むから、安いしいっぱい使えていいじゃん！」

「バカもん！　そういう問題ではない！」

ダイゾーが安易にそう答えると、「角栄」が一喝し、事の重大さを説く。

「これから日本は4000万人の高齢者社会となってくる。単純計算をするとだな……。例えばの話だが、1000万人が1時間3000円もかかる掃除や洗濯などの生活援助を、年間に100回ほど使ってみたらどうなると思う?」

ダイゾーは急いで計算した。

「うわ!　計算が面倒くせー。……ええと、1000万人×3000円×100回となると……。あ、キップル!　出たよ、3兆円らしいぜ」

「よし。そのうちの9割が、国民の払った介護保険や税金で賄われる。それは、いまの『消費税』で1%が約2兆円と考えれば、およそ消費税で約1・5%分に匹敵するのだ」

「角栄」の解説に、フォロワー全員がどよめいた。

今後は、超高齢社会で、「身体介護」、あるいは介護施設などでも莫大な費用がかかるというのに、介護の最初の入口である「生活援助」にそれだけ国民のお金(税金)が投入されているのだから無理もない反応である。

また、自らもかつて「土建業」を営んで商売をしていたため、当然コスト意識の高い「角栄」は強い口調で語る。

「誰にでもできる買い物や洗濯に、30分で2~3000円という国民の貴重な税金が使われる。社会保障とはいえコストの意識がないにも程があるだろう。

しかもそれは、ただの在宅介護でやっているヘルパーの生活援助での買い物や調理などの金額だからな。

介護施設などでのサービス全体での金額となれば、またさらに桁が違ってくる。

そう考えると、コストは高いだの、介護にかかる国民の税負担も自己負担も増えるだの、現場は給料安いだの、人材不足だの……この算段で、日本は超高齢社会を本当に乗り切れるのか、という話だ。

例えば、現実的な話として、今後、高齢者1000万人が、毎月約20万円（要介護2程度）の介護費用がかかったとしよう。年間で約240万円なら、年間で約24兆円かかることになる。このうちの9割は、国民の払った税金等であるから、単純計算で、消費税で換算すれば12％近くになるわけだ。介護度のレベルが高ければ、月に30万以上の介護費用（要介護4以上）がかかる人も相当出てくる」

スミエも、どうすればいいのかわからないなりに発言する。

「そう考えると、今後、日本で4000万人の高齢社会となるから、やはり現制度の維持は厳しいわね」

「今は、まだ日本は超高齢社会が始まったばかりで、国の総介護費用は年間約10兆円だが、今後、加速度的に増大する恐れがある。

2025～30年以降は、たちまち20～30兆円など軽く超えてくるだろう。

つまり、日本では医療のための健康保険の財政問題や年金支払い問題に加えて、この介護保険の問題が待ち構えている。『医療』費用や『年金』支給の負担増だけでなく、この『介護』の負担増加だ。

事の本質の一つは、最初に話した『買い物』や『洗濯』など誰でもできることを、税金を使って割高なコストでさせていることが問題だ。それが制度の維持を難しくさせている。どう見ても、コストや介護全体についても徹底的に考え直すべきだろう。

そこでだな……おい、ダイゾー。ちょっとこれを書いてくれ。わかりやすくプリントアウトしてみた」

「角栄」が、現在の「介護保険制度」と「自治会ソーシャルビジネス」方式の違いについて大まかにプリントした紙を、ダイゾーが、せっせとホワイトボードに書き写して全国のフォロワーたちに見せてみる。

「よし、では、例を挙げながら、先ほどの『介護』ソーシャルビジネスを、どのように進めていくかを、さっきの『介護保険制度』の話で出てきた例と比較しながら、検証してみよう。現在、『介護保険制度』を使って介護の『生活援助』である掃除や洗濯などを行った場合、約30分で約２０００円もかかる。これが、如何に行政コストが高いというのかを測る『モノサシ』となる」

そう言って、「角栄」がホワイトボードの解説をしてみた。

●現在の介護保険制度の問題】と

【自治会ソーシャルビジネス方式の利点】についての参考資料
――全国約30万の自治会と自治会員による介護サロン

○現在の【介護保険制度】（ホームヘルパーの在宅介護）の大まかな仕組み（料金例）

「生活援助」～調理、洗濯、掃除、買い物など日常生活に必要な援助の料金例

約30分＝約2000円（利用者の自己負担約200円）

約1時間＝約3000円（利用者の自己負担約300円）

「身体介護」～入浴、オムツ交換、排泄介助、食事介助、更衣介助、移動などの介助の料金例

約30分＝約3000円（利用者の自己負担約300円）

約1時間＝約4000円（利用者の自己負担約400円）

（現在、地方の介護士の月収例＝約14～18万円程度。ちなみに保育士もほぼ同程度）

※「生活援助」つまり洗濯や掃除といった家事代行作業で、30分で2000円。あるいは1時間で3000円という大きなコストがかかっています。

そのうち、1割は利用者負担ですが、9割が税金等の国民負担になります。

例えば、高齢者1000万人が、2000円の生活援助（掃除や洗濯）をホームヘルパーに

年間100回頼んだ場合、1000万人×2000円×100回で、つまり2兆円掛かります。

このうち、利用者1人の年間の自己負担は、200円×100回＝2万円で済みますが、2兆円の9割、つまり1・8兆円は国民負担（税金等）になります。

ちなみに、これは消費税約1％分に相当します。

また、2兆円の経済効果があるように見えますが、国民負担や行政コストが大きくて、経済活性化に繋がらず、介護士の月給は、全国の地方において、決して高くはありません。

しかし、これから高齢者4000万人時代が到来します。

仮に、その4000万人が、生活援助（掃除や洗濯）を年間に200回行ったとしたら、4000万人×2000円×200回と計算すると、16兆円かかることになり、ヘルパーの「生活援助」だけで、9割の14・4兆円の国民の税金等が使われることになります。

（この場合、利用者は年間で、自己負担200円×200回＝4万円です）

そして、その他、「身体介護」や「介護施設」などにもそれ以上の税金や介護保険などの国民のお金が投入されますので、これでは、やはり国の財政が破綻してしまうわけです。

消費税1％を約2兆円の税収と考えると、国民の消費税約8％分が、この高齢者の買い物や掃除や洗濯だけに使われる計算になります。これが現在の介護保険制度の問題です。

しかも、身体介護は「介助」ですので、まだ理解できますが、買い物や掃除、洗濯は、誰でもできる家事の作業であるのに、このように国民の税金等が湯水の如く使われることはどうみてもムダ使いでしかありません。

○　次に、これを【自治会ソーシャルビジネス方式】で考えてみます。

仮に、自治会で生活援助（掃除・洗濯など）を30分＝５００円と設定すればどうなるか？

１０００万人が５００円の生活援助を年間１００回行えば、５０００億円の経済効果が出て、その金額は全て地域住民の収入になります。

まず、介護する人の収入の問題ですが、「ソーシャルビジネス」は、基本的に労働対価をそのままサービス提供者に渡すので、30分で５００円のサービスを、１日８時間提供する計算をすれば、１０００円（30分×２＝１時間）×８時間で、１日８０００円の収入となり、20日間働けば、現在の地方の介護士の月給程度の16万円程度になります。

つまり、現在の介護保険制度より効率良く、給料は上がります。

当然、25日間勤務の場合では、月収は20万円程度になります。

では、利用者の負担はどうなるかですが、（１回５００円の負担）×１００回＝年間５万円となり、介護保険制度の自己負担１割の場合の（１回２００円の負担）×１００回＝年間２万円と比べて高くなってしまいます。

では、ここで、いくらか国や自治体が補助金（税金等）を投入したら自己負担はどうなるでしょう？

介護保険制度の同じケースの場合、１・８兆円規模の国民の税金の投入がなされています。

例えば、「介護」ソーシャルビジネスの自己負担の半分を税金などの補助金で負担した場合、
つまり自己負担を1回250円とした場合は、どうなるか？

１０００万人×２５０円（1回30分）×１００回（年間）＝２５００億円。

つまり国民の税金負担は、２５００億円で済みます。

サービスの内容（掃除、洗濯）は、介護保険の場合とほぼ同じです。

現在の介護保険制度では、同じケースの場合、１・８兆円、つまり消費税「１％」程度の国民負担（税金等）がかかっていました。

しかし、自治会ソーシャルビジネス方式では、２５００億円、つまり消費税「０・１％」程度の国民負担しかかかっていないことになります。

このようなことからして、「介護」全体の仕組みをソーシャルビジネス方式に変えるだけで、財政負担を大幅に軽減でき、また、場合によっては余計な増税を行わなくて済むわけです。

今後の財政が心配だと言われますが、介護保険制度のような「保険」事業の理論ではなく、「ソーシャルビジネス」を使った「公共」事業の理論を応用すれば、コストや国民負担を大きく減らすことができるのです。
※介護現場における「生活援助」は当然誰でもできますし、「身体介護」についても、しっかりと研修していけば、あるいは経験者（潜在ヘルパーの活用）と一緒にやって行けば、自治

会ソーシャルビジネス方式で対応できる範囲です。
今後、日本の4000万人の高齢者を見ていく方法は、現在の国の介護保険制度ではどうやっても無理があり、全国30万組織の自治会ソーシャルビジネス方式で上手くやっていけば、経済面・財政面にも大きな可能性が広がります。

【①介護保険制度と、②自治会ソーシャルビジネス方式の比較】

● 1000万人の高齢者が1回30分の生活援助（洗濯、掃除）を年間100回行った場合

① 現在の介護保険制度の場合　↓　1回30分でコストは2000円。
② 自治会のソーシャルビジネス方式で行った場合　↓　1回30分でコストは500円。

（コストで見ると）

① 30分＝2000円で、コストが高い！
② 30分＝500円で、従来のコストが1／4に抑えられる！

（経済効果で見ると）

① 2兆円規模。しかし、コストが高い割に、現場の介護士の収入もほとんど増えない。
② 5000億円規模の確かな地域経済効果（5000億円全てが、地域住民の収入になる）。

（国民の税金負担で見ると）

① 1・8兆円、つまり消費税「1％」程度の国民負担になる。
② コストの半分を税負担とすれば2500億円。つまり、消費税「0・1％」程度の負担で済む。
（この場合の利用者の自己負担は）
① 30分利用で、1割負担の200円 ↓ しかし、財政問題上、今後2～3割に増大する。
② 30分利用で、半額負担の250円程度で済む（補助金〔税負担〕2500億円の場合）
（介護士あるいは介護する人の収入で見ると）
① 現在は月収約15万円程度
② ソーシャルビジネス方式で、月収約16～20万円が可能（1日8時間20～25日勤務）。
（もし「生活援助」だけでなく、例えば「身体介護」を20～25分で500円と設定すれば、月収約20～30万円が可能に！ つまり介護士などの所得の倍増も可能となります！）

（今後の可能性） 現在の制度で、国民の総介護費用が20兆円かかった場合
① 経済効果は20兆円規模ですが、その9割の18兆円が税金等の国民負担 ↓ 増税や財政破綻の危機で、経済は思うように活性化しない！
② コストが1／4だと考えれば5兆円の経済効果で、そのまま地域の収入となり、税負担は半分の2・5兆円程度で済む ↓ 地域経済活性化、財政再建と社会保障充実になる！
（※しかも、自治会は、基本的に「非課税」なので、「配偶者控除」などを考えることなく、

働いた分だけ収入を増やせます！）

「……キップル君、いや、『田中』先生……これには、正直驚きました……。

確かに、この理論でいけば、『介護』だけでなく、『社会保障改革』、そして『地域の経済活性化』や『財政再建』も決して夢ではありませんね……。

また、『介護に関わる人の収入増加』『介護士不足問題の解消』と『全国のヘルパー等の介護経験者の有効活用』、そして国民の税負担や財政負担などの軽減、地域コミュニティの活性化、地域の雇用増加や経済の活性化、社会保障の充実、在宅介護の可能性など、様々な効果が見込めますね」

全国90万人もの保育士が活躍する理由

早速、「角栄」の期待に応えて、スミエが思いついたまま話してみる。

「そうね。確かにこれなら、『家事支援』や『介護支援』と同じように、自治会や公民館などを使って、『育児サポート』なども行える可能性があるわね。

だんだんと、『町内ソーシャルビジネス』のイメージもできてきたわ！

『介護』だけでなく『育児』にしても、子どもを預けたい時に近くの自治会、つまり『公民館』に集まった町内のママさんなどに預けられれば助かるしね。

それなら『保育士不足』に『待機児童』や『ワンオペ育児』（子育てママが家事・育児など全てを担う問題）とかの問題にも対応できるはずよ」

「うむ。そうだな。子どもを預けるにも、住民や自治会でいろいろと規則を決めていけるだろう。現在、日本では、保育の仕事をしていないが保育士の資格を持っている人は、ざっと90万人くらいはいるとされるが、実際に働いている保育士は約30万人に過ぎないのだ。まあ、ヘルパーも看護師も、有資格者の『潜在数』というのは圧倒的に多いのだ。

地元に保育士などの『資格者』あるいは『経験者』がいれば、そういった人たちを中心に、自治会で『育児サロン』を作っていけるが、どこの地域にも保育士がいるとは限らん。

そういった地域では、ママさんや子育て経験者の話し合いで進めていけば良いだろう。しかし、ワシはそれこそが地域ぐるみでの『育児のあるべき姿』だと思うんだがな。

とはいえ、『公民館』と『保育士』が揃っても、最初から0～2歳児を預けるのは厳しいと考えて、3～4歳以上などといった比較的対応できる年齢を対象に預かったりしていったほうが始めやすいだろう。

そして何より、住民同士の信頼関係なしでは、この事業は成立しない。無理をしてもお互いが辛いだけであって、まずは、少しずつ近隣の住民同士が、心と身体と距離感を慣らしていくところから始めていくことが大事なのだ。

いま、児童福祉法第45条の『認可保育園』における保育士の配置基準では、保育士が子どもを受け持つ人数が定められているが、保育士一人に対して受け持つことのできる子どもの数は、『0歳児では、おおむね3人』『1〜2歳児では、おおむね6人』『3歳児が、おおむね20人』『4〜5歳児が、おおむね30人』となっている。

このことから、子育ての現実や法制度を考慮して、例えば、3歳以上の子どもを公民館などに一時的に預かることから始めれば、0〜2歳児については『保育園』や『託児所』などを中心に預けるなどして、社会全体で『育児の棲み分け』について図ることができよう。

公民館は、基本的に終日空いていることが多い。隣り合う自治会同士が連携して、子どもを預ける環境を整えていくことが重要だろう。

この町内ソーシャルビジネスの『育児』事業において、保育経験の有無もしくは、保育士資格の有無について議論が巻き起こるだろう。

しかし、最終的には、住民の話し合いで決定していくことであって、例えば『託児所』が『保育士無資格』であっても運営できているように、地域のママさんたちが集まって面倒を見たり、子育て経験者の住民の方々に見てもらうなど、『型』にはまらず地域で取り組みやすいカタチを作っていくことが大事なのだ。

あと、ひょっとしたら自治体に子ども預かりの『届け出』の必要があるかもしれんがな。これも、いわゆるソーシャルビジネスでワンコインサービスとして考えれば、子ども1人預けるのに、例えば1時間100円であったり、半日500円、と決めておけば、子どもを預かる側も対価を享受できるわけだから、子どもを預ける側、預かる側、両方の住民にとってメリットは出てくるはずだ。

また、育児の『財政事情』についても少し触れておこう。場所によって金額は当然異なるが、保育所の育児に関するコストとして、例えば0歳児については、1ヶ月の運営費として1人あたり約40万円弱ほど（都内江東区、品川区の認可保育所など）かかっている。自己負担は約1割だ。

しかし、高コストにもかかわらず、保育士の給与が『格安』であることが、『介護』と同じく問題となる。当然、安いコストではないから、自治体によっては、財政事情も考えなければならないから、やはり自治会もできる限り『子育て』でも行政と『棲み分け』があれば、自治体の財政事情や『待機児童』問題の解決に大きく前進はするだろう。

このように、地域でご近所さんやママさんたちが、日替わりローテーション方式などで『育児サロン』を行うなど、うまく回していけば、現在の保育士不足問題や保育所不足の問題、保育士の労働環境問題といった『待機児童』全般に関する問題や保育に関する財政問題、母親が家事育児の多くを担う『ワンオペ育児』問題にも十分対応できていくはずだ」

・・・・・・・・・・

（自治会などでの育児サポートのイメージ例）

理論的には、
子ども1人預かり＝100円（1時間）×10時間＝1000円。
現在の「児童福祉法」に則った範囲内の場合、
1000円（10時間）で10人（3歳以上）を預かれば、1日1万円となり、月20日働けば月収は、20万円となります（保育士の月給も、約15万円程度のところが多い）。
当然、10人以上（3歳以上）預かったり、1～2歳児を預かる人材などがいれば、さらに収入を増やすこともできます。
（※「育児サポート」の利用者の負担軽減政策〔クーポン券〕については、後ページに記載）
・・・・・・・・・

スミエもアイデアを出して、活き活きと躍動しながら話している。

「でも、こうやって考えれば、だいぶ『介護』や『子育て』の行政と地域の役割分担が進んでいくわね。こういった町内での新しい連携ができてくれば、税金を多く使わなくても、待機児童や介護の問題など、かなり減らせそうな感じもしてきたわ」

「そうだな。つまり今後、『待機児童』のある地域や『ワンオペ育児』問題などにおいて、行政努力や政治努力がなされているか、ということよりも、『自治会』や『PTA』『子ども会』『婦人会』『公民館』などのソーシャルキャピタルを駆使した住民中心の努力がどこまでなされるか、

○これまでの財政政策（ケインズ政策）
（財政政策⇒インフラ整備〔ハード事業中心〕）

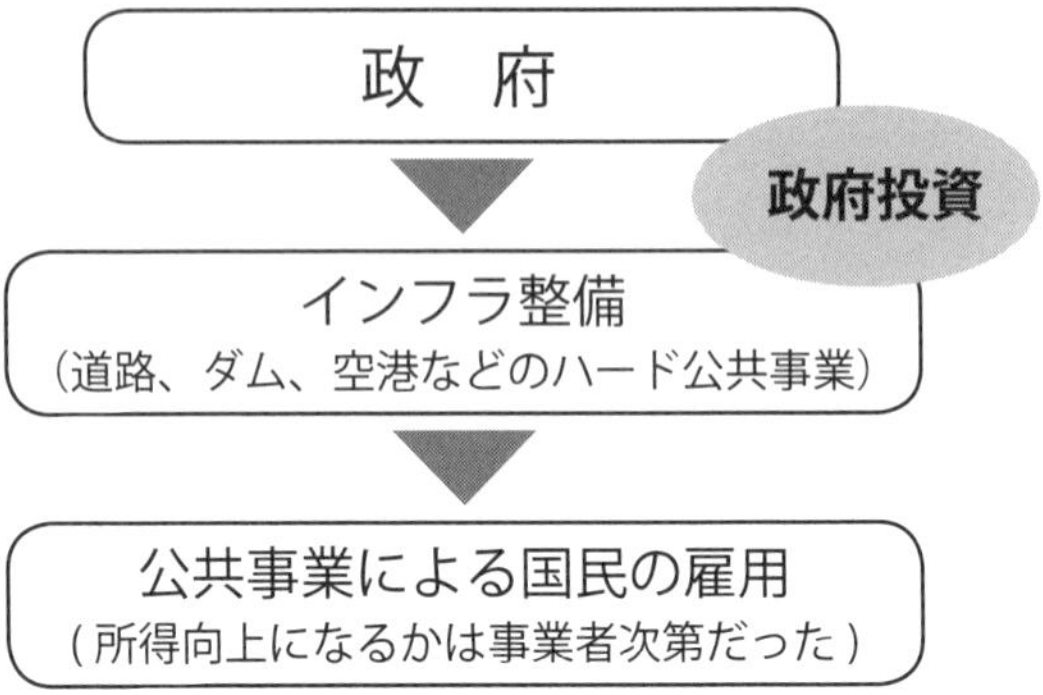

○新しい財政政策のカタチ
（財政政策⇒ソーシャルキャピタル）

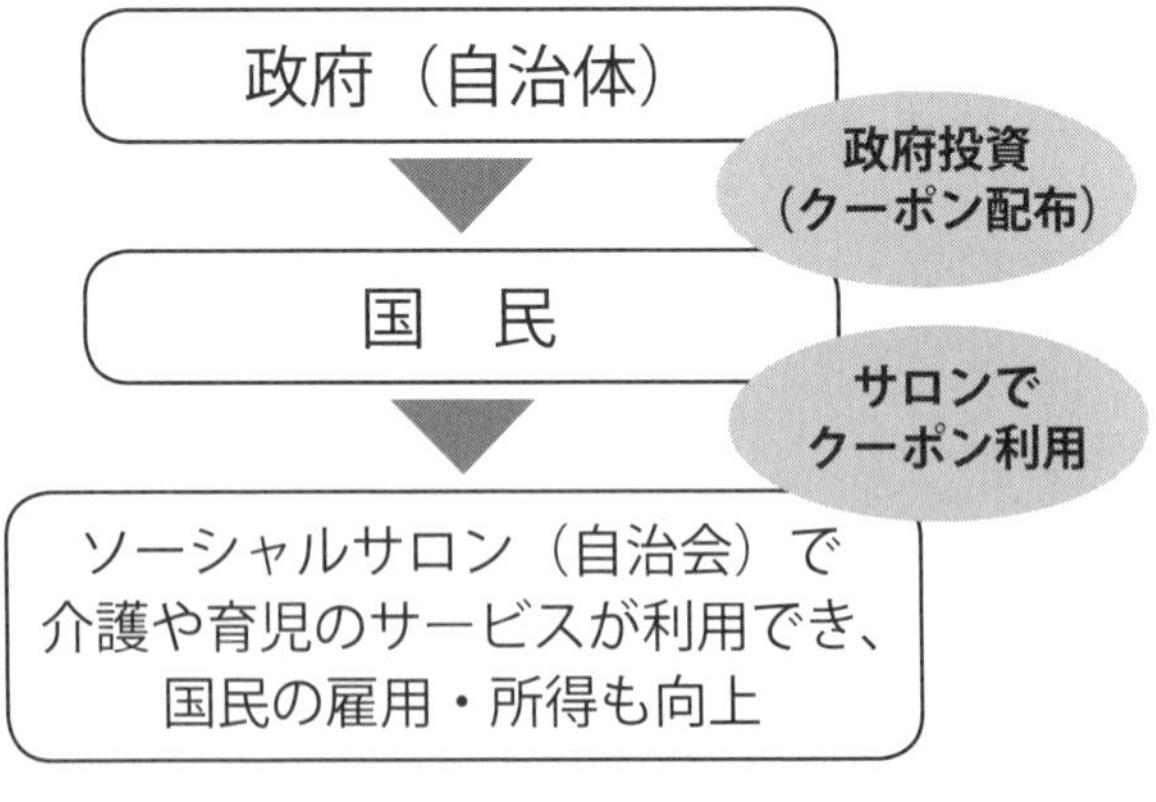

ということが問われるだろう」

「チームジパング」のメンバーであるフォロワーたちの間でも、新しいビジョンの構築が進み、「角栄」が話を続ける。

「こういった、介護や育児のソーシャルビジネスを行う『新自治会』を、ワシは『ソーシャルサロン』と名づけている。サロンとは、フランス語で、様々な目的をもった人たちの集まりや会、などの意味で、最近は、ネイルサロンや、美容サロンなど、よく女性たちが集まるサービス事業に用いられることがある。

先に説明した介護を目的とした『介護サロン』だけでなく、育児を目的とした『育児サロン』、あるいは『家事サロン』というのも、今後、様々な地域のニーズに応えて出てくるはずだ。

一応、ホワイトボードに『ソーシャルサロン』の解説をダイゾーに書かせるので、一同目を通しておいてくれ」
・・・・・・・・・・

〈解説〉ソーシャルサロン

【ソーシャルサロン部会】

自治会における「ソーシャルサロン」の扱いですが、例えば、自治会の部会である「婦人部」や「青年部」あるいは「防犯部」や「体協部」と同じように、「ソーシャルサロン部」を創設することが良いのではないかと思います。あくまで、その自治会が最も運用しやすいように仕組みを創って行くことが大事です。

自治会サロンは、町内の住民からサービスの要望を受けて、各種サービスを行います。介護における「生活介護」や、病気で動けない方の「生活支援」のサービスで、食事を準備したり、洗濯や掃除、買い物、その他、食器を洗ったり、洗濯物をたたんだり、あるいは家具の組立やハガキの代筆などの依頼もあるでしょう。こういった普段の生活や生活介護に関することすべてのサポートを自治会サロンで支援できます。

【体制】

キックオフ（立ち上げ）するときの体制は「ソーシャルサロン部」を創り、運営が安定するまでは、ソーシャルサロン部長と補佐役の方々や自治会の役員などが「サロン」の運営をサポートしていきます。また、サロンで仕事ができる町内の支援者を名簿リストなどにあげておけばいいでしょう。

【業務フロー】

サロンの業務の流れとしては、まず町内の住民からの依頼が、ソーシャルサロン部長（マネージャー）にいきます。

そこから、サロンの支援者に連絡して、支援者が依頼者宅を訪問し作業を行います。作業は、一作業20～30分程度とします。支援者は、場合にもよりますが、最初は「二人一組」でもいいかもしれません。もちろん「二人一組」の場合は、30分〜５００円にするのか15分〜５００円にするのかなどは、話し合って決めておく必要があります。

【お金（労働対価）と寄付金の流れ】

依頼者からのお金は、まず自治会へ支払われます。

そして自治会から、支援者に支払いがなされます。依頼者から自治会への支払いは、「生活支援代金」あるいは「介護支援代金」としてなされ、その後、「生活支援手当」あるいは「生活支援報酬」として、支援者に渡されます。

この時、自治会にマネジメントの代金として、例えばですが「10％」程度のお金（寄付金）を残すべきだと考えています（ジョン・ロックフェラー方式〈後ページに記載〉）。

今後、業務が多忙になれば、このサロンを運営する「マネージャー」などにも、労働対価などを支払うべきだからです。具体的な例で言えば、支援者からワンコインサービス（一作業20〜30分程度）５００円を自治会に支払い、自治会は支援者に「10％」引いた金額の４５０円を支払う、というイメージです。

この一連の流れによって、依頼者の生活の悩み事が解決でき、支援者も対価をもってサービスを提供できて、自治会も地域への貢献を果たし、町会ソーシャルサロンの運営費の収入も入ってくるわけです。

最初は、おそらく町内サロンの支援者も2～3人、よくて4～5人程度でしょう。また、相談や仕事の依頼も、急激に増えることはないと思いますが、全国的にあるいは全町内に浸透し、慣れていけば支援者も依頼者も確実に増えていくはずです。

【自治会会計とソーシャルサロン会計】

会計についてですが、一般の「自治会」会計と「ソーシャルサロン」会計は、分けておいたほうがいいでしょう。

ソーシャルサロンでは、小刻みにお金の出し入れが発生しますし、その額も場合によっては相当な額になります。

またそのお金で、ソーシャルサロンのマネージャーの手当てや「公民館の冷暖房の設備」「介護や育児の必要設備費用」を工面するためです。

従って、自治会の「一般会計予算」と、ソーシャルサロン部会の「特別会計予算」はとりあえず分けておいて、年度末の決算と会計監査のときには、合わせて自治体に報告すれば良いのです。

このように「ソーシャルサロン」とは、すなわち、全国30万の「自治会」や「公民館」が、「家事・育児・介護」を支援するための「地域拠点」となることをいいます。

・・・・・・・・・

もしもビル・ゲイツが、○○をマネジメントしたら？

目を瞑り腕組みをしながら、「角栄」が語る。

「つまり、『新しい自治会』すなわち『ソーシャルサロン』とは、わかりやすく言えば、介護や育児、家事に関する『公益目的事業』を行う『会社』のようなものだ。

当然、法律で定めた法人ではないから、銀行からの融資などは受けられない（法人化すれば融資は可能）が、『会員費』や『寄付』の収入などがあり、それに『ソーシャルビジネス』の収入が加わるから、特に財源的に問題はないだろう。

そして、考え方によっては、自治会が『非課税』であることから、『生活経済特区』とすることもできる。これは、例えば『配偶者控除』の年間150万円の壁など関係なく、いくらでも働くことができるわけだから、極めて魅力的な環境と言えるだろう。

また、自治会によっては、非常にマネジメントに長けた人材がいれば、優秀な『ソーシャルサロン』のマネージャーとして采配を振るい、現場での手当やマネージャー手当などで、月に30～40万円あるいはそれ以上稼ぐこともできるだろう。

税金を支払って高い行政コストのかかる公務員や政治家などに給料を払うことを考えれば、こちらの方が、むしろ合理的とすら言える。

そういった意味で、『自治会の民営化（会社化）』というのは大変面白い構想で、全国30万ケ所ほどある拠点と、概ね全国7000万人もの『会員』（自治会員）が所属する巨大な『会員ビジネス』のようにも見える。

当然、『公益事業』が主体であるが、『ビル・ゲイツ』氏のようなビジネスの好きな人材だったら、これら全国30万の組織を買収し、さらに組織化し、ITでネットワーク化して、『生活密着ビジネス』を展開し、その『仕組み』を今後高齢化の進む海外に勝手に持っていくかもしれん。

おそらく、年間の『会員費（自治会費）』だけで全国の自治会で合計すれば、3000億円程度の『基礎財源』があるから、ビジネスとして考えれば、まあまあ魅力的だろう。

『自治会』というものは、これだけの可能性と魅力を秘めた『日本の伝統と文化』の象徴と言えるのだ」

なぜ、大企業の保険制度は崩壊しているのか？

「よっしゃ。それでは介護や育児の次に、医療（制度）に関わる問題点をいくつか挙げておこう。まず、大企業の保険制度である『健康保険組合』がいま、崩壊寸前の状況なのだ」

「……え？　いや、それ、有り得ないでしょう！

だって、大企業の健康保険組合では、年間の保険収入の半分くらいしか医療給付がないという話ですよ、たしか。保険に加入する人も20〜60歳の健康な人が多いでしょうし」

「ああ、その通りだ。しかし、その残り半分は、実は国や自治体などの『高齢者医療費』への拠出に使われてしまっているのだ。

それでいま、全国に約１４００ある大企業の社員たちが毎月積立てている健康保険組合のうち、約１０００もの組合が『赤字』になっている状況なのだ。

この先５～10年で、大企業の健康保険の支出と拠出が収入を上回り、全組合の４分の１以上が解散の危機になると言われておる！」

日本を牽引してきたいわゆる重厚長大企業。その圧倒的な財政を誇ってきた健康保険組合がいま、崩壊しようとしているのである。

「また、日本の『健康保険制度』（医療制度）が『ザル』だと言われるのには、こういう理由もある。例えば、海外の留学生（留学ビザ）など、日本に来れば『健康保険証』（被保険者証）が自由に手に入る。

当然、何度でも際限無しに『保険証』は使えて、いろんな病院で治療したり、薬をもらえたりするわけだ。しかもこれは、いわゆる『高額療養費制度』にも使えてしまうのだ。

正当な理由であれば、これは仕様がないと思う人もおられるだろう。

日本人の中には、『健康保険料』を数十年間もの間、熱心に納めて、『保険証』を使うこともない人も大勢いる。

その一方で、この海外からの留学生のケースだと、ほとんど『健康保険料』を納めていないにもかかわらず、『保険証』があるから、病院での治療費や薬代にいくらでも使うことができる。

しかも、『高額療養費制度』までも使えてしまうから、場合によっては、ずる賢く『保険証』が使われて、本人たちはほんの少ししか負担しないのに、数十万円、いや、数百万円以上もの『高額治療』を『日本人の財産である医療財政』で行うことが可能なのである。ちなみに、がん治療で、後述する保険適用のがん治療薬が使われれば、数千万円もの金額になる。

日本国民が長年納めた貴重な財産である『医療財政』が、こんなにも簡単に使われることになるのだ。こんなことを国民が知ったら誰だって怒るはずだ。

しかも、問題は、彼らは長期的に日本にいることなく、自分の国に帰ってしまうということだ。

実は、この問題は、現在進行しており、わざと『留学生』として日本に来日して、日本の『保険証』で高額な治療をたっぷりと受けて、治療が終わったらとっとと母国に帰ってしまう、というようなケースが増えているという」

「また別の問題だが、生命保険会社などの民間保険会社では、『保険業法』に則って、『責任準備金』の積立が要求されていて、それがなければ、保険事業を行ってはならん、とされている。

では、国民に義務付けられている『健康保険』についてだが、じゃあ、当然、民間の保険業で言う『責任準備金』に関する法律があって当然と思わないか？」

「ええ、もちろん、そうだと思うけど」

「……いや、実はそれがないんだ！」

スミエは少し、意表を突かれたような表情をした。

「民間の保険業法には、当然、不測の事態を想定した際の支払いなどが発生したりするから、『責任準備金』があるんだ。それが法律で義務付けられている。

あるいは、国の年金事業においては、とりあえずだが、国民年金法や厚生年金保険法によって『5年ごとの財政再計算』があって、年金数理上の問題があれば、年金制度の改正がなされる決まりになっているんだ。

だが、国民が毎月納めている健康保険には、民間でいう『責任準備金』の義務がない。

これは、『健康保険』だけでなく『介護保険』も同じで、確かに医療保険制度の法令や介護保険法で、一定の積立金や基金の設置義務が各自治体に義務付けられてはいるが、民間の保険業法で厳格に定められた保険数理的な『責任準備金』がなく、制度としては保険給付が滞りなく行われることが担保されていないということになってしまうわな。つまりこれは、保険料を長年納めた国民が、いざ病院に行って『保険証』を使おうとしても、『いや、医療財政は底を突いたので、あなたの保険証は使えません』と言われることに等しいのだ。

税金や保険料を国民は平等に払っているが、受けられるサービスについては平等に受けることができない。

これは、税金を払っているのに、『待機児童』などで平等にサービスを受けられないという状況と同じことなのだ」

薬価で医療財政が破綻する理由——1人年間3500万円という事例も

「また、『薬』と『薬価』の問題について触れれば、これも2016年に大きな話題となったんだが、患者1人に年間で数千万円もの健康保険（薬価）が使われている事案があった。がん患者に使用される『オプジーボ』という薬で、大変高額なんだが、最初は使用する人も極めて少数だった。しかしその後、特定の皮膚がんだけでなく、その他のがん治療でも効果があることがわかってきて、多くの患者に使われることになった。

しかし、このオプジーボは、成人が年間に使えば、約3500万円程度かかるものだ。しかも、健康保険適用範囲の薬であるから、健康保険が使えて、患者の負担についても、『高額療養費制度』を使えば、その3500万円の負担を、国民の財産である健康保険でほとんど賄えてしまうのだ。

流石に、これだけ使えば、健康保険財政は瞬く間に崩壊してしまう、ということで、とりあえず現在は、薬価が半額程度に抑えられている。

いま、国民全体の医療費用の『薬価』自体が、日本全体の医療費約40兆円の4分の1、つまり10兆円もかかってしまっている。これは今後、同じ効用のジェネリック（後発薬）などを含めて、薬価の見直しが必要だろう」

「また、現代では、ＩＴの進化によって新たな問題も出ている。今の時代、いくつもの病院に通って、例えば10週間分の睡眠導入剤などのドラッグストアで扱われない薬を、医師の処方箋を使って薬局でもらって、それを『メルカリ』などのアプリで、高額に転売するような ずる賢い『患者』もいるという。

薬局で購入する処方箋付きの『薬』というのは、『健康保険』つまり『国民の財産』を使っているわけだから、これはつまり『国民のお金』を使って薬を不当に購入して、高額に転売するという犯罪まがいの行為ともいえよう。

現在はこういったことに、まるで監視や規制が存在しない」

生活保護のどこがおかしいのか?

「それと、生活保護の問題にも少し触れておこう。知っている者も多いだろうが、公営住宅もおおよそタダ。当然、治療費や入院費用もタダになる。それと介護費用もタダになる」

「えっと、じゃあ、例えば10万円位の高級マット付きのふかふか電動ベッドなんかを購入したり、あとレンタルでも介護保険が使えますよね? それも、生活保護を受けていれば、タダですか?」

「ああ、そうだ。介護保険が使えるな。普通は介護保険なら1割の自己負担だが、生活保護なら全額無料のつまりタダになる。

……それと、家に『手すり』をつけたりするとか、介護に関する家のリフォームや修理もタダでできる。当然、介護保険の利用には上限の設定はあるんだがな。

……あ、しかし、大学進学などはダメだからな！」

フォロワーたちは首をかしげ、ダイゾーが聞いてみる。

「……は？　それって、一体どういうこと？　キップル？」

「生活保護の家庭では、高校進学まで許されているが、大学進学は認められていない。生活保護家庭の子どもが大学などに進学するとなると、子どもが『世帯分離』をしなければならず、しかしそうすると、それまで親がもらっていた生活保護費の子ども分が減額されるのだ。

それで、子どもは親に迷惑をかけたくないということと、『進学準備一時金』という給付金制度はできたが学費や生活費を自分で稼がなければならないことから、進学をあきらめることが多い」

「もう少しだけ、現在の公的な『保険制度』に触れておこう。日本でも先進諸国であっても、『社会保障制度』の基本となっているのは、いわゆる『組合制度』や『保険制度』だ。

つまり、大前提の『保険』という概念であり、みんなでお金を出し合って、何かあったらその蓄えたお金の一部を捻出して助け合っていこう、というものなのだ。

しかしながら、高齢化で、医療や介護に捻出するお金が格段に増える。

10人で1～2人位を支えるのであれば、『組合』や『保険』はその威力を発揮する。

しかし、10人中の5人くらいが高齢者になって、みんなが病気したりすると、貯めていたお金が一気になくなってしまう。はっきり言えば、『保険』方式という大前提が崩れるということなのだ。

専門的に言うと、『大数の法則』という『保険』の大前提を表す原理原則があるのだが、少子高齢化が進むと『大数の法則』にまったく当てはまらなくなるのだ。

これが、高齢化にともなう『社会保障制度の崩壊』の要因となるわけだ。

社会保障制度は国の政治そのものといっていいだろう。

それが崩壊すると、つまり、国が崩壊するということになる。では、他の国はどうしているか？　と言いたいが、北欧や欧州とは医療の質やケアに対する考えも違うし、日本のような極端なベビーブームでできた人口構成になっていないので、単純に比較するのは難しい。

たまに、北欧や欧州の事例を出す政治家や学者もいるが、参考程度になっても、欧州では日本のように『胃瘻《いろう》』などの治療をしたり、最後までがんなどの医療ケアを徹底することも少ない。日本の医療の常識と欧州の医療の常識は全く異なるといっていい」

日本の医療が崩壊する理由　――角栄の「まちかど保健室」構想

「キップルの提案する『自治会の民営化あるいは事業化』、つまりソーシャルビジネスによって、地域の『介護・家事・育児』の可能性が大きく広がったわね」

スミエの明るくハキハキとした声に、「角栄」が正面から答える。

「そうだな。『自治会の民営化』でうまく介護や育児を行っていけば、人材不足や財政不足の問題をクリアできるはず。

これがやりたかった最初のインフラ改革であり、この『チームジパング』が創った日本のビジョンの一つと言えるだろう。そしてまだ、この話には先がある。

それが、これに加え、新しい地域医療である『まちかど保健室』構想だ！

この全国の自治会で『介護・家事・育児』を担う『ソーシャルサロン』構想と共に、さらにもう一歩踏み込み、地域のケアの充実を図り、住民全体の健康維持管理を行う必要がある。

近年、国民の健康に対する様々なリスクが、極めて高まってきている。

『高齢者医療』に加え、若い世代の『うつ病』や『不登校』に『ひきこもり』『摂食障害』『パニック障害』、あるいは『子どもの貧困』問題からきている栄養失調や『精神疾患』などの『生活や健康に関する悩みや不安』、そして増え続ける『がん』『脳卒中』『心筋梗塞』などのいわゆる三大疾病や、『糖尿病』とその合併症などにより、国民を取り巻く健康の環境が一変してきている。

これらは日本社会の『新たな驚異』となっている。

同時に、医療現場における医師不足や看護師不足、そして、訴訟リスクなどで敬遠される小児科や産婦人科などを避ける医師の偏在（地域別あるいは専門別）の問題や、今後のさらなる

『高齢化』や『国民の健康リスク』の増大に伴って、ますます『医療費の増大』や、これら患者増大による『医療現場の崩壊』の危機などの問題が進んでいることが、この国の『医療』を取り巻く問題点といえよう。

まさに、『国民の健康の崩壊』『医療現場の崩壊』『医療財政の崩壊』という『日本の医療三大リスク』が連鎖的に起こり、そして『医療制度の崩壊』という恐るべき事態が、日本の医療全体を覆ってきておるのだ。

まず、住民の健康や病気について、患者が『病院に来ることを待つ』だけではなく、全国の各地域に、いわゆる『まちかど保健室』を設置することによって、日頃の健康や生活など、またはイギリスやアメリカのように、『初期対応』や『総合診療』として、気軽に健康相談できるところがあれば、住民も安心して暮らすことができて、大きな病気になる前に対応することが可能になる。またそれならば、従来の病院などの医療現場の負担や財政負担も軽減できることになろう」

珍しくもセイラが、興味津々になり口を開く。

「それって、つまり『自治会』や『消防団』と同じように、『医療』においても、行政（病院）と地域による棲み分けを図って、現場や税金などで、お互いの負担を軽くしましょうってことね？」

「角栄」も嬉しそうに、セイラに笑顔で返す。

「これは、『住民の健康面』や『医療の現場』からしても、そして『国や自治体の財政面』からしても、大変メリットがあるものだ。

いま、高齢化と医療財政問題に本格的に備えるべく、日本で地域住民の健康維持を担う『家庭医』(かかりつけ医)をどのように配置していくかが、大きな課題となっておる。だが、この地域の医療においても、ワシは『自治会』という多機能のプラットフォームを一つのベースにしたほうが合理的ではないかと考えている。

しかしながら、『自治会』においては、すでに生活の基盤である『介護・家事・育児』を今後担うので、これ以上の負担はかけられん。また、地域の医療と健康を担う拠点であるので、『自治会』以上の管轄(地域性、専門性)であり、『市区町村』の自治体の規模以下の適度な居住範囲をカバーできる拠点が必要となろう。

そこで出てくる答えは、現在の『自治会連合会』あるいは『自治協議会』などのいわゆる『行政区』というものに行き当たる。

この『自治会連合会』(自治協議会)というのは、地域にある複数の自治会、20~30あるいはそれ以上の自治会の存在する地域の『中央拠点』を表す単位(人口では五千~一万人程度)からなり、これは『行政区』などと言われている。

また、場所によっては、小学校校区や中学校校区といった通学範囲である『校区』と同じ意味で使われることもあるようだ。

いわば、この『行政区』すなわち『自治会連合会』というのは、各地域の『自治会』を束ねる『ボス』のような存在で、ざっとだが全国に約一万ヶ所存在するものと思われる。運営は管轄している自治会からの『寄付金』で、役員は各自治会長たちによって構成される。

また、この『自治会連合会』は、地域の運動会やお祭りなど、範囲の広い行事を行っているが、これもまた、自治会と同じく、住民離れや若者の不参加によって存続の危機に瀕しているのだ。

ワシはこの地域の自治会を束ねている『行政区』(自治会連合会)を、今後の地域の健康や医療を担う全国の『地域包括ケア』の拠点に育てていくことが大事だと考えておるのだ。

この『行政区』を拠点とした、地域の新しい医療拠点のことを、ワシは『まちかど保健室』構想と呼んでいる。『保健室』とはその名の通り、学校の『保健室』のようなイメージで、健康や家庭などの悩みについて簡単に相談できる場所のことだ」

セイラも、小学校や中学校時代の保健室を思い出しながら、「角栄」に発言する。

「なるほど。『保健室』だったら、学校で気分が悪くなったり、悩み事があったりしても、とりあえず気軽に行きやすいものね」

「そのとおりだ。いきなり病院ではなく、そういう簡単な健康相談ができる場所があったら、むしろ気が楽だろう?

何かある度に、すぐに病院や拠点医療機関に行くのでは、国民も医療財政も医療現場も、負担ばっかりになってしまうからな。

自治会が『介護・家事・育児』について支援を行う『ソーシャルサロン』とは棲み分けを図って、地域の『健康・生活・福祉』などを担う新しい『行政区』のことを『まちかど保健室』と考えてみたのだ。

それらが、日本の『医療』における行政（病院）と地域の棲み分けを図り、負担を分かち合うことになる。新しい『行政区』は、地域の住民の健康を維持管理するのに、大きな力を発揮する。

まずは、現在の『行政区』に、新たに『まちかど保健室』部会を新設する。そして、そこに、地域の『家庭医』（かかりつけ医）を始め、医療従事者の体制を構築させる。

医師、看護師、栄養士、理学療法士、歯科衛生士、あるいは、精神保健福祉士や、『まちかど保健室』の運営マネージャーなど、その地域によって様々な医療ケアのスタッフを配置するのだ。

そして、これに地域の連携がとても大事になる。

地域の自治会や民生委員、ＰＴＡ、そして様々なＮＰＯ法人（フードバンク、マギーズ〈がん患者支援相談〉）、フリースクールなど、さらに、地域の病院や薬局、学校（保健室）、地域包括支援センター、行政窓口（社会福祉協議会）、あるいは地域の企業など、自治会連合会の管轄する地域の中で全体で連携を図っていくのだ。

それにより、住民の健康だけでなく、生活に関する様々な悩み相談に対応することが可能になってくるのだ。

また、『まちかど保健室』は、全国の『まちかど保健室』と連携することで、国全体で国民の様々なケアの充実と国民の健康管理を図ることができるわけだ。

これが、新しい地域の『かかりつけ医療』のカタチである『まちかど保健室』構想だ。

ちなみにだが、ワシはこの『まちかど保健室』構想とは、日本の厚生労働省の『地域包括ケアシステム』や『新オレンジプラン』（認知症施策推進総合戦略）に加えて、医療崩壊と国家破綻を経験したイギリスが創り出した新しい医療制度であるＮＨＳ（総合診療機能）という制度や、フランスの地域拠点診療の制度や『家庭医（かかりつけ医）』の制度、あるいはアメリカのプライマリドクター、さらには、隣国の朝鮮王朝時代（十五～十七世紀頃）に存在した活人署《ファリンソ》や恵民署《ヘーミンソ》という生活に困る人に食事や簡易医療、薬品を提供する制度などを参考に思案してみた。

これで、地域の住民の健康を維持し、病気や生活に関する問題を病院や行政だけに頼らずに、地域全体において水際で止めることができる可能性が出てきたわけだ」

角栄の新しい医療構想とは何か？――かかりつけ遠隔診療システム

医療に関心のあるフォロワーが、「角栄」の話にしっかりついてきてアイデアを凝らしてみる。

『まちかど保健室』構想は、いわば地域の『アナログ』的な存在ですが、これはさらなる進化が可能ですね。

この仕組みに加えて、患者と医師をつなぐ、あるいは、現場と専門医などを結ぶ『遠隔診療システム』が応用できると思いますよ。

例えば、医師不足で『まちかど保健室』に医師が不在であっても、パソコンやタブレットを通じて、家や現場から『遠隔診療』で初期診察をすることもできるでしょう」

「おお。そいつは面白いな！」

「角栄」が、目を見開き唸ってみる。

フォロワーがさらに続ける。

「例えばですが、『かかりつけ遠隔診療システム』とは、その地域あるいは全国の様々な医師が登録できて、全国の地域の患者が、病院に行かずに自宅や『まちかど保健室』からパソコンやタブレットを通じて、医師の空いている時間を活かして診察できるという、世界に先駆けて日本独自の『かかりつけ医療』システムとなることができるでしょう」

「なるほどな。『かかりつけ医療』や『医師不足』や『医師の偏在』という医療問題をスマホやタブレット（ＩＴ）を使って解決しようということか？」

「ええ。そうすれば、入院や通院をせずに、自宅のベッドからでも、いつでもモニターを通じて診察できますし、初期診察した上で、必要があれば近くの病院に通院したり、あるいは近くの『まちかど保健室』から、場合に応じて『訪問看護』を受けたりもできるようになると思います。

これで、患者と現場の負担も軽くでき、国や自治体の医療財政も緩和できるでしょう。このシステムは、『子育て』を選択するか『キャリア形成』を選択するかのジレンマに悩む『女性医師』たちや、その他の事情で現場に行けない高齢などの医師たちにとっても、嬉しい医療システムになるかもしれません。

全国の医師の総数の約3割が『女性医師』であり、その半数以上が家庭（子育て）の事情などで現場をリタイアしている問題もあります。

そういった家庭の事情で現場をリタイアした女性医師も、このシステムなら復帰しやすくなり、あるいは家で子育てしながら『遠隔診療』ができるため、医師不足問題の緩和や、医学部入試での理不尽な男女差別の根絶など、医療全体の改善にも一石を投じることでしょう。

また、『まちかど保健室』や『かかりつけ遠隔診療システム』は、うつ病やひきこもり、普段の生活に影響を及ぼす病気など、普段通院したり、遠くに外出することが難しい様々な事情を持った患者にも利用しやすいものでしょう。

従って、『遠隔診療システム』は、『医師不足問題』や行き詰まっている日本の『かかりつけ医療』対策における光明となるかもしれません。

同時に、この『遠隔システム』は、医療だけでなく、様々な全国の生活相談の専門家スタッフがタブレットを通して、地域の人や子どもの悩みを聞ける手段にも応用できるかと思います」

「うむ。グッドジョブだ！　この『まちかど保健室』に『かかりつけ遠隔診療システム』を合わせた全体の仕組みのことを、『ソーシャルケア』と名付けることにしよう」

「日本の新しい地域トータルケア構想『ソーシャルケア』ですか。それ、いいネーミングですね」

フォロワーに引き続き、「角栄」がこの「ソーシャルケア」構想の話を続ける。

「ソーシャルキャピタルである『行政区』（自治会連合会）を活かした『健康・福祉・生活』がテーマである『まちかど保健室』構想に加え、ＩＴとタブレットを用いた『かかりつけ遠隔医療システム』を組み合わせた『ソーシャルケア』構想。

そしてさらに、『ＡＩ』や『ＩｏＴ』を駆使すれば、さらに国民の健康管理をかなり徹底できるだろう。患者の既往歴（過去の病歴）や薬の処方箋、あるいは『健康診断結果』などの情報がわかるシステムは必要であると思う。

例えば、『マイナンバーカード』などを使って、『健康診断』などの情報に加え、最近かかっている『病気』や『既往歴』、『処方された薬』の履歴を管理しておけば、その人が何の病気にかかったか、あるいはかかりやすいかとか、注意するポイントさえわかれば、事前予防に繋げることができる。

場合によっては、がんや心臓病、脳疾患の予防にも繋がるだろうから、国民の健康にも、医療財政にも優しい仕組みになってくる。また同時に、患者に対して必要以上の治療や投薬などの過剰なケアをして、『健康保険給付』をぼったくっているような、いわゆるブラック病院やブラック医師の摘発も可能になるだろう。

そしてここで、『マイナンバー』に登録された国民の健康の『ビッグデータ』と、『ＩｏＴ』と『ＡＩ』をうまく活用するんだ。『ＩｏＴ』はモノとモノを結ぶインターネットと言われるが、ヒトの健康状態とも繋げることができる。そして、集めた健康情報を『ＡＩ』で分析する。そうすれば、今までにない病気の予防方法や健康維持の方法が出てくるはず。患者やその家族にも、事前に予防の必要性を伝えることができる。

とにかく、『限りある国民の財産である医療財政』と高齢社会化のバランスを取るには、徹底した予防と健康管理、そして、病院だけでの入院や治療ではなく、家庭や地域で『まちかど保健室』や『遠隔診療』を活かした『在宅医療』ができるような体制に変えていかねばならんのだ。

さらに余談として、近年急速に進化をしている『ドローン』も活用できる。限界集落や災害などで人手がないときでも、薬品や食品を届けることが可能だ。米軍機『オスプレイ』のような形をした、日本で開発の進む垂直離着陸の『固定翼ドローン』の性能はいずれ『オスプレイ』を超えて、軍事でなく医療や生活に応用されることになるだろう」

「マイナンバーとＩｏＴとＡＩ、そして、ビッグデータと医療とＩＴが融合することで、そういった体制を作ることは十分に可能ですね。いやあ、未来がありますね！」

フォロワーもチーム一同も、次第に未来の構想で胸がいっぱいになってきた。

「うむ！　よく知恵を出してくれたな。ベリーナイスだ！」

これが、世界に誇る日本の最新の『地域医療システム』、その名も『ソーシャルケア』だ！」

「医療無料」と「財政再建」は両立できる理由 ——目的財源ソーシャルビジネス

休憩で一服したダイゾーが「まちかど保健室」の財源論に言及するが、「角栄」が一喝する。

「バカもん！『まちかど保健室』とは、国の財政を立て直す目的でもあるのに、ここにきて、国の財政を頼ったら、元も子もないではないか！」

声を荒らげる「角栄」に対し、セイラが落ち着かせるように、すうっと息をしてから発言する。

「例えば、自治会の仕組みとか使えないかしら？　あれは、『税金』ではなく『会費』と『寄付』でやっているでしょう？

『行政区』（自治会連合会）も、多くの自治会からの『寄付金』などで運営してるんだから、今後、本格的に全国で『介護・家事・育児』の『ソーシャルサロン』が広がっていけば、各自治会の収入も増えるから、その『増えたお金』を『まちかど保健室』の運営資金として『行政区』に寄付すればいいんじゃないかしら？」

＊目的財源ソーシャルビジネスのイメージ＊

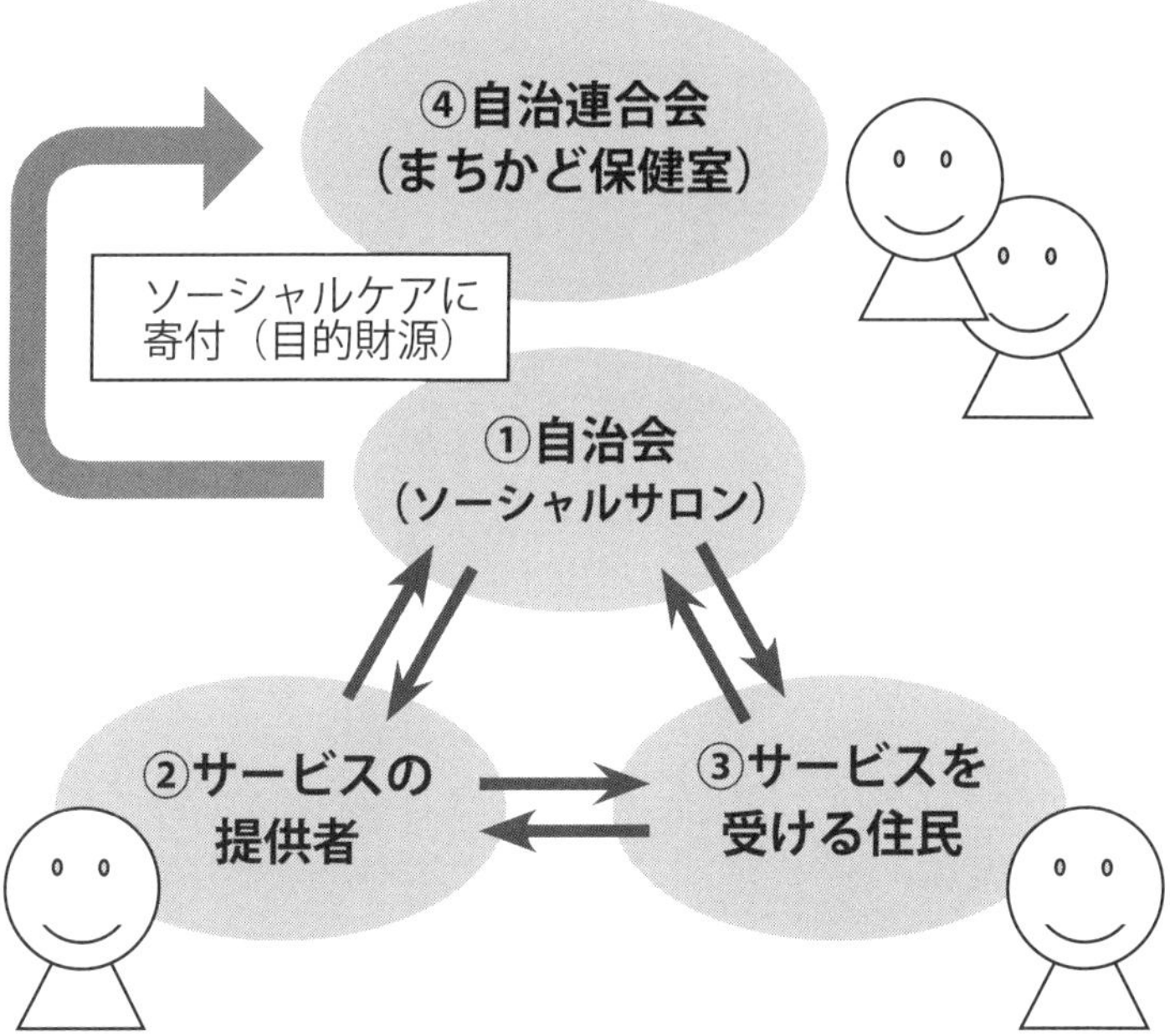

【手順】こんな感じで。

1、③→① に支援の連絡（依頼）
2、①→② に③の支援を連絡
3、②→③ サービスの提供
4、③→① サービスの支払い
5、①→② 労働手当支払い
6、②→① 手当の 10%を寄付
7、①→④ 手順６の半分（5%分）を寄付

「ふむ。いいところに着眼したな、セイラ君。それは、言ってみれば新たな財源を確保するためのビジネス、すなわち『目的財源ソーシャルビジネス』あるいは『チャリティソーシャルビジネス』というものになるだろう」

なぜ、医療費ゼロが可能なのか？　大富豪ロックフェラーの教え

「まず、地域の住民が、各自治会の介護や育児などの『ソーシャルビジネス』で稼いだお金の一部を、『寄付金』として自治会へ納めるのだ。対価報酬の1割くらいが妥当でいいだろう。納めてもらった寄付金で、公民館でより子どもを預けやすくするために改修工事をしたり、エアコンなどの設備投資をしたりできる。当然、事務方の運営スタッフの手当ても出せるだろう。

これは、稼いだお金の10％は、地域や社会のために還元し寄付をするという、アメリカの石油王であった大富豪『ジョン・ロックフェラー』の哲学に基づいている。

そして、各自治会というのは、毎年、『自治会連合会』や『自治会協議会』といった、つまり『行政区』に寄付をしておるんだ。

この流れを利用して、ソーシャルビジネスの収入から寄付してもらった10％の『半分』つまり『5％』を、各自治会は、『行政区』に対して、地域医療安定のための『目的財源』として寄付すればいいだろう」

「あー、なるほど。それで、ある程度、『まちかど保健室』の『財源』ができるわけか。でも、どれくらいできるのかな？」

「まあ、最初は少ないかもしれん。しかし、全国的に『ソーシャルサロン』が広がってくれれば、面白いだろう。介護や育児や家事でソーシャルサロンを利用してくれれば、将来は全国で10兆円経済圏を地域で作ることも可能だろう。

例えば将来の話だが、この『ソーシャルビジネス公共事業』が国全体で『10兆円』規模となれば、さっきの『目的財源ソーシャルビジネス』でいえば、まず『1兆円』が『寄付』として、全国の各自治会に納められることになる。

次に、ざっくりとだが、自治会は全国で約30万ヶ所だが、『まちかど保健室』を担う『行政区』は約1万ヶ所程度とみている。

さっきの話でいけば、各自治会に『1兆円』が寄付されて、その半分が『行政区』つまり『まちかど保健室』に寄付されることになる。

『1兆円』の半分だから……5000億円だな。これを、全国1万ヶ所の『行政区』に均等に配分した場合、どうなる？　ダイゾー？」

「えっと、5000億円を1万で割るんだから……えっと、5000万円だ！　あれっ？……結構大きい額になるもんだな！」

「角栄」が、軽くポンと手を叩いた。

「おお！　それくらいの財源が出たら上等じゃないか！　よっしゃ、なかなかだぞ！　つまり、全国の『行政区』が運営する『まちかど保健室』の基礎財源が、この場合、年間で『５０００万円』ということだ。それくらいあれば、非常勤で医師や看護師、栄養士に歯科衛生士、理学療法士なども雇えるはずだ。

そして、住民が『まちかど保健室』で病院に通院すべきかどうかを診察する『初期診察』や『健康相談』だけを行う場合、『原則無料』としてもやっていけるはずだ。

うまくやれば、『かかりつけ遠隔診療システム』の開発や運用費用も出すことができる。

仮にだが、非常勤や遠隔診療の医師に、年間８００～１０００万円程度支払って、常勤あるいは非常勤の看護師などに３００～５００万くらい払ったとしても、ソーシャルサロンで稼いだお金の『寄付金』で、地域の簡易医療を支えることができるだろう。

また、現在の『健康保険』制度における『遠隔診察』は、医師への『診療報酬』が低いという現場の声があるが、『まちかど保健室』の財源から診療報酬が出るとなると、全国の医師たちにも安心して『かかりつけ遠隔診療』に進んで参加してもらえるかもしれん。

さらに、『まちかど保健室』を運営するマネージャーなどへの報酬の支払いも期待できるだろう。あとはそれに加えて、『在宅訪問看護』などの在宅医療、『在宅歯科治療』なども追加オプション（現行の健康保険制度）でできれば、その分の収入も見込めるはずだ。

恐らくは、イギリスの『ＮＨＳ』（かかりつけ医療）やフランスの『地域拠点医療』よりも柔軟な『地域医療体制』が日本でも構築できるはずだ。

これで、介護と育児などを地域で行う『ソーシャルサロン』から、地域のかかりつけ医療を中心とした『まちかど保健室』の『財源』の目処が立ちそうだな。なんとかこれで、地域医療介護の循環システムができて、行政と地域の棲み分けが図れるわけだ」

「角栄」が、皆の顔を見て、笑って言う。

「国の税金をかけずに、『初期医療』や『かかりつけ医療』でこれだけやれる方法があるんだ。これだったら、医療財政負担を抑えつつ地域医療の充実が可能だ」

田中角栄の「ソーシャルエコノミクス」

「よし。自治会の『ソーシャルサロン』が上手く回れば、財源問題がクリアし、自治会連合会（行政区）の『ソーシャルケア』も上手く機能していくことがわかった」

「でも、全国30万の自治会を中心に、介護や育児のソーシャルサロンが回りだしたら、それこそ、自分たちで色んなことにチャレンジして、新しい地域の経済圏なんかどんどんできそうな感じね」

スミエも目をキラキラさせながら発言した。

「そうだ。つまり、介護や育児ばかりではなくなるだろう。大工さんなら家具を組み立てたり、家の壁を修繕したり、あるいは、ペットを預かったり、庭木の剪定をしたりだな。

一見すると『収益事業』にも見えるが、これから超高齢社会になるから、生活全体を支援するという意味で『公益事業』の概念を大きく捉える必要があるだろう。

なので、例えば、今、各自治体がやっている『シルバー人材サービス』のようなものも、すべて『自治会ソーシャルビジネス』で対応可能になるだろう。こういった家事代行の関連サービスだけでも、全国で2000億円以上の市場とも言われている」

「じゃあ、介護や育児がメインだとしても、家事手伝いに関することや引越しの手伝いなんかもできることになるわね。

普段日常で困っていることやニーズがあれば、自治会のソーシャルビジネスで何でもできて、地域はそれですごい活性化されちゃうわね」

「ああ。ワシはそれを、共助経済理論『ソーシャルエコノミー』と呼び、このように地域の介護や育児を中心に『政治』や『行政』の垣根がなくなり、地域を活性化させていく手法を『ソーシャルエコノミクス』と名づけている。

これは『地方経済の活性化』、さらに『一億総活躍』に『地方創生』、それに加えて『社会保障の充実』もできる。

しかも、そもそも税金をそんなにかける政策ではないから、負担は大きくない。だから、『財政再建』にもつながるし、地方行政の『シルバー人材』『社会福祉協議会』などの統廃合にもなったり、『自治会』や『ＰＴＡ』も全て見直されることとなる。

そして『行政』や『医療』の仕組みもスリム化するだろうから、全国の『医療改革』や『行政改革』にも繋がるわけだ」

新しい補助金と公共事業とは何なのか？　――クーポン・デ・サロン

「これまでの『補助金』（公共投資）の考え方というのは、例えばハードのインフラ整備などの公共事業を行う『民間事業者』に対して、国や自治体などから資金を投じることを表していた。

この場合、当然だが、公共事業に関わる多くの企業や中間業者があるため、労働者が満足のいく所得を得られるかは、事業者からの分配によりけりであり、『トリクルダウン』（庶民や労働者へのお金の浸透）が十分になされて『賃金』が向上するかどうかは、政府が保障することはできなかった。

これは、ハードインフラ事業だけでなく、『補助金』あるいは『介護給付金』の発生する『介護』や『保育』の業界においても顕著に見られることだ。

しかし、我々『チームジパング』の考える新しい公共投資あるいは補助金というものは、民間事業者に資金を投じるものではなくて、政府あるいは自治体から、自治会を基盤とした『介護』や『育児』や『家事』などを行う『自治会ソーシャルビジネス』に対応したクーポン（補助券・補助金）を、全国の家庭に配布するというものになろう。

ワシは、この『クーポン』を使える全国の自治会のシステムを、『クーポン・デ・サロン』と呼んでいる。

例えばの話だが、『100円綴りの5万円分のクーポン券』を、一定の条件を満たす2000万世帯に配布するとすれば、その家庭は自治会を通じて、『介護』や『育児』などを必要に応じて利用することができる。

自治会も、この補助金があれば、様々なソーシャルビジネスを展開することができるようになる。

『介護』や『育児』に直接関わりがなくても、『子ども食堂』を公民館などで開いたり、庭木の剪定をしたり、家具の組立をしたりと町内でできることが増えて、そこで『クーポン』を使えば、自然と地域で経済活動が生まれるわけだ。

これは例えば、地域の自治会が『子ども食堂』を開いた場合、100円のクーポン券で、食事をすることも可能になるから、『貧困対策』にもなり、子ども食堂などの収入の『財源』も確保できるわけだ。

クーポンは、自治会を通じて、市区町村などの自治体で換金することが可能になるだろう。

先の例の場合、『クーポン』には『1兆円』の財源が必要だが、『ソーシャルエコノミクス』による社会保障費の圧縮などで捻出することになるから、財源の心配はそんなにない。

また、『クーポン』についての会計上の勘定科目は、国や自治体の『公共事業費』となる。

このように、チームジパングの考える経済政策『ソーシャルエコノミクス』というものは、政府あるいは自治体から新自治会の『ソーシャルサロン』で使えるクーポンを発行してもらえば、それが自然と新しい『地域通貨』となり、『介護』や『育児』あるいは『家事』などに使われ、地域の経済循環を促し、大企業や事業者などに中間マージンとして搾取されることなく、確実に『庶民の雇用と所得』に繋がっていくという仕組みなのだ。

しかも、経済活動のみならず、それが『社会保障の充実』や『財政再建』にもつながるという新しい社会システムのサイクルへと変わっていくことになる。

これが、まさに『ソーシャルエコノミクス』の真骨頂といえるだろう。

こういった手法を用いて税金のやりくりをすれば、税負担も軽減できるし、浮いた財政を、子育てや教育の分野に回すなどすれば、政治に対する国民的関心もかなり高まってくる。

これがすなわち、新しい公共事業のカタチなのだ！

「最初は、例えば『生活経済特区』などでの試験運用で始まるのかもしれんが、『クーポン』が発行されることにより、『ソーシャルエコノミクス』による経済循環が本格的に始まれば、日本社会の様々なことが変わっていくだろう。

『介護』や『育児』や『家事』というものは、あくまで基本メニューであって、その他いろいろなことが考えられる。

例えば、『公民館』で、『クーポン』を使って、子どもたちに勉強を教える『自治会学習塾』

もできるだろう。あるいは、『公民館』で『子ども食堂』を開くことも当然予想される。

これは『自治会』自体が、いわゆる『公益目的事業』組織へと変わっていくことになる。

先の例では、『5万円』分のクーポンの支給だったが、これが何に使われるかは、家庭の状況によりけりということになる。

つまり、『介護』に使ってもいいし、『育児』でも『家事』でもいい。

また、1回のサービスが500円とすれば、500円分のクーポンを使ってもいいし、200円分はクーポンを使って残りは現金払いでもいいだろう。

まあ、極端に言えば、『5万円』分については、『介護』も『育児』も『家事』も無料ということになる。

政府や自治体、そして国民の努力次第で、『社会保障費』を大きく圧縮できれば、クーポンに回せるお金も増える。クーポンが増えれば、『介護』や『育児』の各家庭の自己負担が減ることにつながる。

また、全国の自治会のメンバーたちのスキルが上がってくれれば、一生それで生計を立てることもできるだろう。

夫婦で『介護』や『育児』あるいは『学習塾講師』などのスキルがあれば、体が動く限り、地域で定年無しに『ソーシャルビジネス』ができる。

元気であれば、夫婦70歳で『月収40万円』以上というパターンも決して夢ではない。需要があれば、『お茶』や『生け花』『着物』を教えるなど、趣味や特技を活かしてもいいだろう。

さらにだが、『ソーシャルサロン』や『まちかど保健室』の財源によっては、無利息の『ランドセル』リースがあったり、『学生服』『楽器』『スポーツ用具』などの全国自治会による『リサイクル市場』ができたり、高額である『楽器』や『スポーツ用品』の無利息リースも、家庭の条件などによってできるかもしれない。

例えば、高額な『5万円』のランドセルや楽器、あるいはスポーツ用品が買えない家庭があった場合、『まちかど保健室』が『仮購入』して、毎月1000円ずつ『クーポン』で50回払いしてもらうなどの『タイガーマスク運動のようなサロン』も出てくるかもしれない。

もちろん、家庭の状況にもよるが、『クーポン』が全部使えれば、ランドセルや楽器などをクーポンで一括購入することもできるようになるだろう。

こういったことに使えるのが、『クーポン・デ・サロン』や『ソーシャルエコノミクス』の応用の醍醐味なのだ」

なぜ「少子高齢化」でも日本は輝くのか？　――米国ウォール街の教え

「これまでの政治の常識では、『人口動態』の逆ピラミッド型の社会（少子高齢化もしくは高齢化）では様々な負担がかさんでしまい、国全体の『社会保障』は成り立たない、という結論だった。『高齢化』という問題は、先進国全ての共通課題だ。

ワシは、先進国家、いや『人類』が長年使ってきた『保険』の概念そのものである『社会保障』が、少子高齢化に対して極端に脆弱であることを理解した。

そこで、住民同士でスキルを磨き、住民同士がお互いに地域通貨やワンコインサービスを使い、相互扶助し合うことで、『高齢社会』を支える循環型社会に変えることを考え出した。

つまり、これは『高齢社会』であるから成せることでもあるのだ。

日本は柔道と相撲の国であり、相手の力を逆に利用することについては非常に長けている。

ワシは、この理論を、社会保障では『悪』とされる人口動態の逆ピラミッドの力を逆手に応用した『人口動態レバレッジ』と名づけている。『レバレッジ』(テコの原理)とは、よく米国ウォール街の証券会社や投資銀行、ヘッジファンドなどの金融の世界で用いられる手法で、株や債券、あるいは商品先物や金融派生商品(デリバティブ)などの相場変動を予測して、巧みに『買い注文』と『売り注文』を仕掛けて大金を儲ける手法のことだ。

欲望に駆られ使い方を誤れば、『リーマンショック』のように世界が危機的状況になってしまうが、人々を救う術である『社会保障』のために使えば、きっと社会にいい影響を与えるだろう。

人口動態が通常のピラミッド型であれば、『保険』の概念を用いた現在の『社会保障制度』が力を発揮するように、人口が逆ピラミッドであっても、難解な学問(ビジネス手法)の一つである『金融工学』で使われるレバレッジ効果を狙えば、必ず得をするチャンスはあると考え、ワシはこの『人口動態レバレッジ』を生み出した。すなわち、『社会保障』自体を『保険』事業から『公共』事業に発想転換していることが大きい。

高齢者が多ければ多いほど、『介護』という仕事は増えてくる。これを地域の『公共事業』化して、住民が介護スキルを上げていけば、『介護』を行う住民の『雇用』と『所得』、あるいは『年金対策』にも繋がり、さらに『クーポン』があれば、政府は現在の『介護保険制度』より極めて少ない財政負担で高齢者の介護ができ、介護される利用者もクーポンによって安い値段で『在宅介護』を受けることができるわけだ。

当然、その時代において高齢者が少なければ、従来の『公的保険制度』で対応できるし、逆に、高齢者が多くなった場合でも対応できるのが、この『人口動態レバレッジ』という考え方なのだ」

公助と共助の共存する仕組みとは？

「角栄」が、若いフォロワーたちに熱弁を振るう。

「全てのケアを現在の『社会保障』制度に組み込むと、すべて『公助』ということになる。しかしこれでは、特に日本の場合、高齢化もあり、医療や介護のコストがあまりにもかかりすぎて、すぐに国のお金が尽きてしまう。

だが、『自助』や『共助』の考えであれば、介護にせよ、あるいは医療にせよ、まず自分た

○新しい社会保障のイメージ
「医療・介護＋育児・家事・生活」
（共助〔地域〕と公助〔行政〕のダブル支援）

自身や家族の病気・介護・生活や
家事・育児などで困っている。

自 助

▼

○ソーシャルサロン（例：自治会）
町内で「家事・育児・介護」のサポート
（低価格での支援体制であり、行政から
クーポンが支給されるとさらに割安になる）

共 助

▼

○まちかど保健室（例：自治連合会）
地域内で「医療・健康・生活」のサポート
（主な機能）
・初期診察（問診）や医療相談から専門病院を紹介。
・医師・看護師・理学療法士・栄養士などによる
適切なアドバイスをもらえる。
・全国の連合会、各 NPO、専門家とも連携しており
対応が幅広い（家庭問題、貧困問題など）。
・地域内の寄付で成り立つので、基本的に無料。

共 助

▼

専門病院や地域包括センターあるいは
各担当行政（役所）にて対応
（ここでようやく財政支出〔税金・保険〕となる）

公 助

ちで解決していこうとなる。

それで、地域にある新しい自治会である『ソーシャルサロン』や、地域医療の『総合窓口』である『まちかど保健室』を利用するんだ。それで対応できない場合は、そこでいよいよ『病院』だったり『行政』といった『公助』の出番ということになる。

そうすれば、『公助』（役所、病院）といった『保険』（健康保険、介護保険）負担や『税金』負担だけに頼らずに、国民は多くのケアを共有できるようになる。これまでは、日本にはほとんど『公助』しかなかったが、『自助』と『共助』をフルに活用することで、より地域における介護と医療、すなわち『社会保障』全体を手厚くできるわけだ」

「地域でケアの共有……。今流行りの『シェアリングエコノミー』みたいね」

スミエの発言に、「角栄」が反応する。

「おお。まさにそれだよ。国民におけるケアの共有よ。シェアリングエコノミーとは、まさに資源の活用だからな。介護や育児などの経験を持つ国民自身や『自治会』や『公民館』が有資源であると考えれば、その資源を活用して、全国で介護や育児ができる環境を整えていけるわけだな」

「アメリカの、『ウーバー』や『エアビー』みたく、運用資産を共有し活用することで、誰でもタクシーや宿泊所やれます、みたいな感じね」

「そうだな、まあ、日本は『自治会』や『公民館』があるから、そこを起点としたほうが、やりやすかろう。

話はもどるが、介護や育児に関するスキルはある程度、時間や経験によって多くの国民が向上することができる。知識も増えるしな。そもそも『介護』は必ず『介護士』がやって、『育児』は必ず『保育士』だけがやるっていう発想が、おかしいと思うべきだろう。

ここは、国民全員がまさに一丸となって関わるべきことなのだ」

ソーシャル・シェアリング・エコノミー　日本経済が世界を動かす

「我々チームジパングの提唱する『ソーシャルビジネス』と『ソーシャルキャピタル』（社会資本）を活用する『共助経済』理論（ソーシャルエコノミー）も、今後、徐々に世界に広まっていくかもしれん。

そういった中で、まず日本において、『空き家』の共有（シェアハウス）による低家賃での生活や、共同生活者や近隣住民との車の共有利用（シェアカー）なども含めて、今後『共有経済』と『共助経済』という二つの経済が合わさった『共助共有経済』（ソーシャル・シェアリング・エコノミー）、すなわち人々がお互いを支え合い、空き資産や社会資本を共有し共助する経済社会、という全く新しい社会が到来するだろう。

人類は、これまでのように選挙で政治家を決め、議会と行政で富を分配する『民主主義』や、個人の欲望の際限のない『資本主義』あるいは『共産主義』や『社会主義』という古い概念から脱皮し、新しい価値観の時代への『エントランスホール』（入場口）に来ているのかもしれん」

新「所得倍増計画」と「消費税ゼロ」社会

「この『日本ゼロ計画その1』では、『全国30万の自治会』が『民営化』し、全国各地で、『介護』や『育児』などを中心としたソーシャルビジネスが盛んになり、地域経済の循環、社会保障の充実、財政健全化への道筋ができた。これは、『ソーシャルエコノミー』（共助経済）という新しい社会経済システムの誕生と言えるだろう。

このソーシャルビジネスの『公共事業』は、全国に浸透してゆき、いずれ全国の経済効果は10兆円以上、また社会保障に関する財政削減効果も、介護や医療の合理化で10兆円以上は下らないだろう。高齢化が進めば進むほど、さらなる経済効果と財政削減が可能となる。

そして、『非正規社員』『介護士』『保育士』あるいは『シングルマザー』など、これまで所得が低いままであった人たちにも、その地域の『ソーシャルサロン』と意欲次第で、『所得倍増』のチャンスが出てくる。

介護や育児の現場のスキルによる報酬はもとより、ソーシャルサロンのマネージャーとして、地域の介護や育児の『司令塔』の役割における報酬もあるからだ。

そうなると、『ソーシャルサロン』のプロとして、全国各地で引く手あまたとなろう。

さらに『定年退職者』も、地域で『介護』や『家事』あるいは『大工』など趣味も活かせる

ソーシャルエコノミクスのフロー【ボトムアップ式・新社会保障および財政再建型ミクロ経済政策】

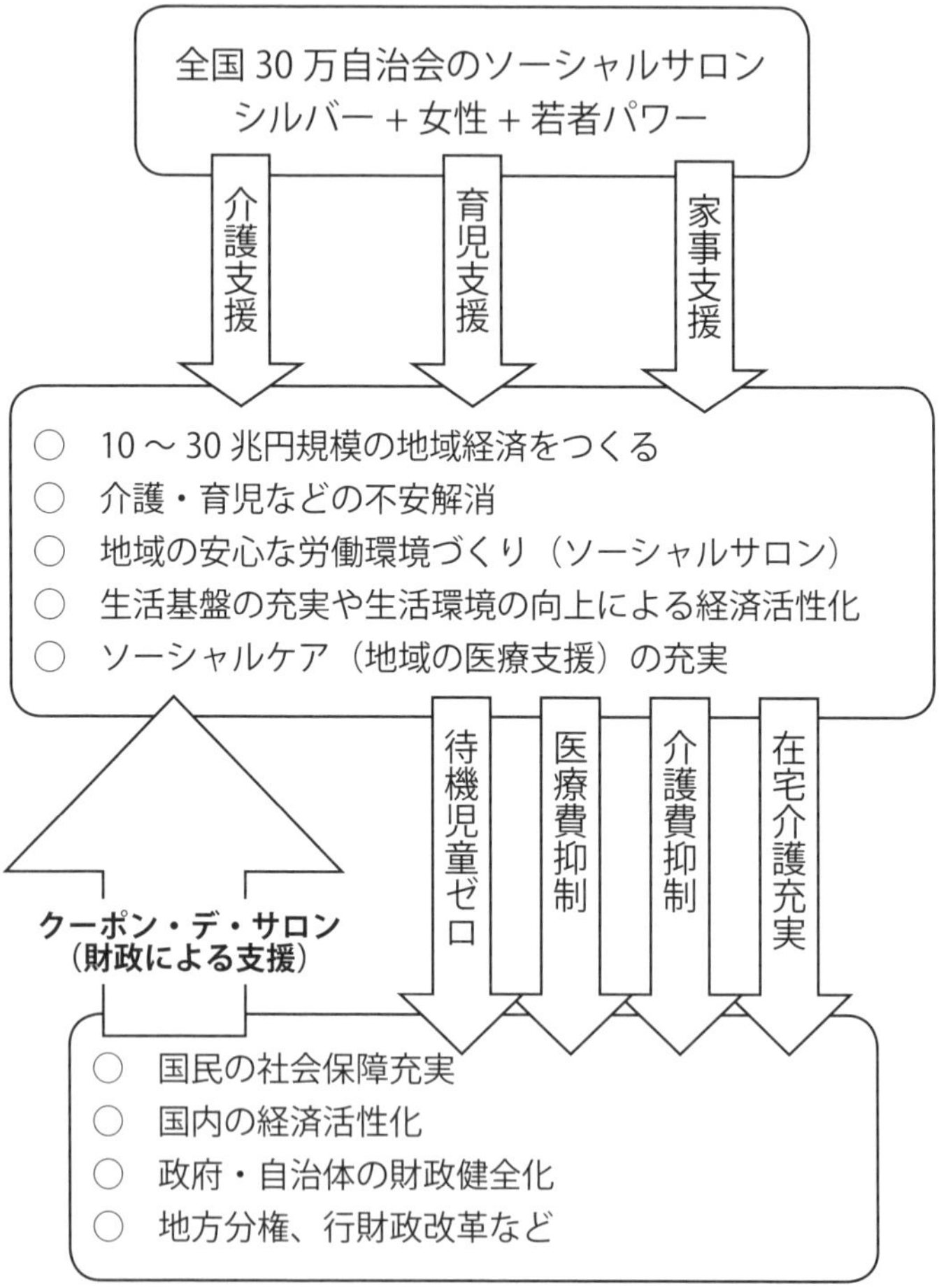

安定した収入の仕事ができて『年金』対策にもなる。あるいは『配偶者控除問題』なども『自治会』は『非課税』だから、どんなに稼いでも配偶者は気にせずいくらでもお金を稼ぐことができるから、奥さんのお小遣いや収入も増えていくだろう。

この『ソーシャルサロン（介護・育児）～ソーシャルケア（医療）～ソーシャルエコノミクス（経済）』の一連の流れをなす『なでしこ』構想の仕組みが示すことは、今後、日本において税金や社会保険がこれまでほどかからない、つまり『税金だけに頼らない社会』を構築できるというわけだ。つまるところ、『消費税ゼロ』社会と言っても決して過言ではないだろう」

「これまでは、多くを行政サービスや役所などに委ねていたことを、市区町村の自治体ではなく『自治会』単位で、できるだけ住民主体で考えて、解決をしていくことができる。

先に講釈したように、政治コストや行政コストは極めて高いものだ。税金を多く払っても、その大半は公務員の人件費などのコストに消えてしまう。

しかし、地域のソーシャルビジネス中心の社会は、コストが最低限しか掛からない。税金ではなく、地域の住民の寄付やソーシャルビジネスによって、低コストで地域を運営できれば、将来は、政治家も、公務員も、今の数ほど必要ないわけだから、大きく財政カットできる。

それで、社会保障や行政改革で削れた財政資金を、さらに『子育て』や『教育』、あるいはその他福祉などに回しても、十分な余りがあるだろう。そうやって政策の幅ができるわけだ。

これまでのように、税金を納めて議会で決めて、役所を通して行政サービスを行うようなコストのかかる方式ではなく、住民が、自分たちでできることは自分たちで解決していく手法をとっていけば、大きく社会を変えることができる。

いままで、多くの政治家たちが、『行政改革』の名の下に、官僚や公務員と対決あるいは対峙しては、改革が頓挫してきたが、日本国民の力を結集すれば、官僚や公務員への依存度は今ほどなくなるわけだから、これまでできなかった『行政改革』や『財政改革』、あるいは、『地方分権』なども行いやすい環境になる。

つまり、『なでしこ』構想は、経済政策であり、社会保障改革であり、財政再建であり、そしてまた、行政改革や地方分権という大きな政治改革をも成し遂げる可能性を秘めているわけだ。この考えは、松下幸之助氏の『無税国家論』（税金のかからない国家）という思想に近いのかもしれない。

また、これまで役所中心でやっていた仕事を『民間』や『自治会』中心に執り行っていくということは、今までの『行政』中心の国家から、『国民（民間）』中心の国家に移るという、まさに現代の『大政奉還』とも言える『政治』の一大転換になるであろう。これが新しい日本の姿である」

「そう！　これこそが、我々チームジパング、いや日本のビジョン、すなわち、二刀流　壱の剣『なでしこ』なのだ！」

日本ゼロ計画その2

二刀流　弐の剣「ＺＩＰＡＮＧ」――日本人の技と匠の抄

「次なる『日本ゼロ計画』のテーマは、『日本の潜在力の発揮とさらなる成長』への挑戦、すなわち日本独自の『成長戦略』である。『日本列島改造論』では、『情報通信インフラの整備』による、国民生活や企業の生産活動などの向上を著していた。

現代においては、光ファイバー網や高性能のサーバーなどの最新の情報通信インフラの整備が進んでおり、さらに情報テクノロジー（ＩＴ）がより高度に発達しておる。

それらを駆使して、国内および世界における『既存の市場』の見直しと、『新しい市場』を開拓することで、さらなる潜在力の発揮と日本の成長を促す戦略を考えていきたい。

このテーマの根幹を成すものは、日本人の『才能』や『魅力』、すなわち『日本人の技と匠』である。『日本人の技と匠』というのは、世界から注目され続け、喝采を浴びるほどの美術や芸術とも呼べるような『魅せる技術』といえる。

この受け継がれてきた『技と匠』を日本の最大の武器として、最新の情報技術をうまく駆使しながら、日本の新しい『成長戦略』を模索していきたいと思う」

トランプバリアーとは何か？

「まず、世界の戦略事情とは、どのようなものか、ざっくりと見ておこうと思うのだが、まあそれにしても、『グレートウォール』（メキシコ国境の壁）に『タリフバリアー』（貿易の関税障壁）など、米国大統領も結構厄介な相手だな」

ダイゾーが間髪いれずに反応する。

「え？　なんだって？　ドリフがどうかしたのか？　キップル？」

「バカもん。米国大統領の打ち出している、メキシコなどから渡米する低賃金の移民に対する『国境の壁』計画と、貿易関税のことだ。メキシコの工場などからアメリカ国内への輸出も相当な打撃になるし、世界からアメリカへの輸入品に、おおよそ高い関税をかけてくるような仕組みだ。ワシはこの大統領の関税戦略を『タリフバリアー』にかけて、『トランプバリアー』と呼んでおる。

アメリカの成長戦略は、米国大統領の名前から『トランポノミクス』とも呼ばれ、主に財政出動による大型の公共事業の展開と、海外からの工場などの誘致と雇用創出などがある。そして、『トランプバリアー』などの国内の企業や海外輸入品への関税障壁などの牽制策、さらにアメリカの伝統産業であるハリウッド映画だけではなく、近年はアメリカドラマなどの『ソフト』にも力を入れている。

戦略の中でも一番力を入れているのは、企業や工場の誘致と、そして何といっても、二国間貿易（ＦＴＡ）などによる農作物や牛肉などのアメリカ農畜産品の販路拡大だろう。

さらに経済界では、主力産業である金融や製造だけではなく、最近の台頭といえば、『アマゾン』や『フェイスブック』などプラットフォームビジネスを仕掛ける超巨大ＩＴ企業からも目が離せない。

この『トランプバリアー』と、世界の保護主義の傾向で、貿易の関税が高くなって、世界の貿易に制限がかかってくれば、最も損害を受けるのは、貿易大国すなわち輸出を得意とするこの日本の経済だろう。日本としては、こういった世界の関税障壁のバリアーを乗り越えられる術《すべ》をもっておかねばならん。目には目を、そして、戦略には戦略をだ」

ＥＵのデジタル成長戦略とは何か？

キップルが話を続ける。

「ＥＵでは、インターネットつまりデジタル市場を成長戦略とみなして、次の一手を打ってきている。いま、ＥＵは域内の28ヶ国で、インターネット上のデジタル単一市場を創設しようとしているのだ。

これは、現在はＥＵ各国の消費者や企業が、『宅配コスト』や『商品の値段』、各国ごとに違う『消費税（付加価値税）』など、バラバラの条件で取引しているオンライン市場を、法律や税制などを整備し統一化して、スムーズに電子商取引を行っていくというものだ。ＥＵ独自のデジタル戦略ともいえよう」

これにフォロワーたちも頑張って続ける。

「簡単に言うと、ＥＵ各国内のどの国のサイトであっても、アクセスしてオンラインショッピングを使えば、『ＥＵデジタル単一市場』の恩恵として、『関税』はもとより『消費税』や『宅配コスト』が統一されて、それなりに安くで済む、ってことですね」

「そうだ。今は、『ジオ・ブロッキング』といって、例えば、フランスからスイスのサイトにアクセスして商品を購入しようとしても、国境のアクセス制限がかかったりして購入できない場合があったり、自分の国では不当に安く販売したり、他国では不当に高額で販売したりするケースがある。消費税（付加価値税）も各国でバラバラだしな。

しかし、『ＥＵデジタル単一市場』ではそういうことはない。消費者が自由に、ＥＵ内で安心して電子商取引できるわけだ。まあ、ＥＵ内の市場活性化もあるし、ＥＵ外からもオンライン取引をするべく世界の消費者や他国企業からのアクセスも相当増えているだろうしな」

中国の国家戦略　――新しい「シルクロード」構想

「そして、恐るべきは、中国の戦略だ。『一帯一路』という中国の超一大事業は、『新シルクロード構想』という芸術的なネーミングが先行しているのかもしれんが、これは中国が、いよいよ本格的に世界戦略に動き出すことを意味している。

その『一帯一路』は、シルクロードのような生易しいモノではない。これは超巨大公共事業であり、いわば『中国全土』そのものを、ユーラシア大陸の経済や流通の中心として『インフラ化』しようとするものだ。

中国国内の鉄道網の整備、道路の整備に加え、そこにかかる鉄橋の整備、そして、空港や港湾の整備、つまりインフラが整備されたその上に、様々なビジネスが創出される。

そして、そこに人が集まり、新たな街ができて、ホテル産業やカジノ、それに娯楽施設なども出来上がる。中国国内の様々な交通や流通の要衝として、莫大な富や投資が、国内外から集中することになるはずだ。

考えただけでも、数十兆円規模から始まり、将来は貿易総額で100～300兆円規模になるともされる。恐らく、世界経済とアジア経済の両立と発展などと語って、AIIB（アジアインフラ投資銀行）などからも大型の投資を考えているのだろう」

ここで、フォロワーが沈黙を破る。

「まさに、『シルクロード』というユーラシア経済圏の歴史的な意味と芸術的な印象を持たせ、中国全土を国土開発し、そこに世界各国から富と投資を集中させ、中国を中心としたロシアやEU、そしてアジアなどを含めた『ユーラシア帝国』を創ろうとしているのでしょうね。

明らかに次の歴史と時代を意識した戦略でしょう」

「うむ、その通りだ。このアイデアは、おそらく習近平の側近たちが、長年多くの有識者から情報を集め、集約し、醸成したものだろう。全ての面において、一切そつのない戦略といえよう。中国というユーラシア大陸の大部分である立地条件を活かし、様々なインフラを整備し、各国にそれを使ってもらう。そしてそこには、人とお金が集中し、様々な産業や街が創られる。

中国の国土そのものにインフラ投資を行い、そこから自国の利益を最大に引き出す、という中国にしかできない世界戦略が、まさに、この『一帯一路』であるのだ。

おそらく、経済や流通を謳っているが、石油や資源のパイプラインも考えて、政治的な意味や軍事的な意味も相当に大きくなってくるだろう。

今はまだ、アメリカを中心とした世界経済が台頭しているが、今後、アメリカを中心とした環太平洋やEUを含めた大西洋側の経済から、この中国を中心とした『ユーラシア大陸経済』に走り出すのかもしれん」

「ロシアも、着々と資源開発や農業技術の向上に力を入れている。しかし、ロシアの最大の戦略は、『地球温暖化』の恩恵ではないかとワシは考えている」

「……え??」

これには流石にチーム一同、同じような反応を示した。

「地球温暖化は、特に今の先進国などを中心に大きなマイナスの影響が出る。農業に、食糧難、干ばつ、気候変動による豪雨災害など、市場や財政に与える影響などだ。

だが、ロシアにとっての『地球温暖化』とはどういうものか考えたことがあるか？

暖かくなれば、ロシア国内で農業も発展するし、何よりも、ロシア極東や北極圏の氷が溶けた場合はどうなる？

ロシアを覆っていた氷が溶ければ、北極海の下にあるとされる膨大な資源が独占的に開発できるようになる。

そして、北極海上交通が発達し、北極圏におけるロシア中心の、北米や東アジア、北欧などのＥＵを含めた、今までにありえなかった『北極経済圏』を作り出すことも夢ではない。

そのとき、ＥＵやアメリカ、日本などは、地球温暖化による食糧難や、巨大台風や巨大竜巻による被害における市場の混乱などの国難、そしてかなりの財政難に陥っているだろう。

そのときこそ、ロシアにとって、世界に様々な圧力を仕掛ける最大のチャンスがやってくるのだ。

つまり地球温暖化とは、ロシア以外の国では大きな被害が予想されるが、ロシアにとっては、政治的にも、軍事的にも、経済的にも、さらに歴史的にも、この上ない絶好のチャンスにしかならないのだ」

フォロワーが、はっとして発言する。

「まさか、米国大統領が『パリ協定離脱』と地球温暖化を否定した理由とは、ロシアと関連があるのかな？」

「……さあ、どうだろうな？　しかし、米国大統領と大統領選挙、ロシア疑惑を報じられた政権側近、地球温暖化問題など、関連する事項が多いのは確かだろう」

「角栄」は、ここでは断言せず、やや言葉を濁して話を締めくくるのだった。

世界の覇者「プラットフォーマー」とは何なのか？

「そして、この『日本ゼロ計画その2』で、メインとなる『情報通信インフラ』のフル活用については、今の世界のITの覇者たちから学ぶところが多い。

彼らはITの可能性を最大限に発揮させ、従来の産業では不可能であったことを次々と果たしている。

まさに、イノベーションの連鎖が巻き起こっているのだ。消費者を飽きさせず、むしろ惹きつけてやまない『エンターテインメント性』という日本にあまり見られない事業など、彼らから学ぶべきものは非常に多い」

「角栄」に、フォロワーが続ける。

「アメリカの巨大IT産業は、まだまだ今後、世界経済に大きな影響を与えるでしょう。グーグル社、アップル社、フェイスブック社、アマゾン社、そして中国のアリババ社や、インドのタタ社、インフォシス社などIT企業からは、どれも目が離せません。

そして皮肉にも、世界から見れば、逆に一番目立っているのは、日本のIT企業の弱さかもしれません。

『楽天』や『ソフトバンク』などは、確かに日本国内で見れば有名ですが、アマゾンやフェイスブックのような世界の覇者から見れば、まだ比べるには到底及ばない存在と言えます。

そんな日本国内でも、モデルやミュージシャンといったいわゆる『芸能』全般をテーマとした『SHOWROOM』や、あらゆるジャンルを出展できる『フリーマーケット』をテーマにした『メルカリ』は、アマゾンやアリババと異なる、国内外の確実な市場を捉えた『独自性のあるプラットフォーム』と言えるでしょう。それらは今後、注目すべきものです」

「アマゾンなどの『プラットフォーマー』(巨大ITプラットフォーム事業者)たちは、IT戦略では一歩も二歩も抜きん出ており、今後も様々なテクノロジーやアイデアを駆使して、独自に世界戦略を展開させてくるだろう。

日本人は、フェイスブックで交流を楽しんだり、アマゾンで買い物を楽しんでいる場合ではなく、国内において、いよいよ本気でこのような世界規模の『プラットフォーマー』に対抗しうる独自のIT企業を育成せねばならないだろう!」

誰が世界経済の主役なのか?　――アマゾンエフェクト

「いま、国内外の情報通信インフラの整備とインターネットの急速な発達により、世界や国内の流通市場、消費者の動向は確実に変化をしてきておる。

世界的な流通市場においては、世界最大手の小売業である米国ウォルマート・ストアーズの売上（15年度）は、前年比減収減益の約51兆円となり、その翌年では利益2割減と苦しんでいるのに対して、インターネット通販の最大手アマゾン・ドット・コムは、売上高（15年度）は約11兆円と、年々着実に増収増益を繰り返している。

いわゆるデパートやスーパーなどの『リアル店舗』が、『ネット販売』すなわち『ＢｔｏＣ』（企業サイトから消費者へのネット販売）あるいは『ＣｔｏＣ』（個人間のネット取引）に市場を急速に奪われているわけだ。

そして、日本国内においても、経済産業省の調べによると、消費者向けインターネット取引は右肩上がりに順調に成長しており、５年間で、市場規模はおよそ2倍の約14兆円（15年）と膨らんできていることに対して、国内の『デパート』や『スーパー』などの『リアル店舗』も、世界の状況と同じく軒並み厳しい状況が続いている。

これらの現象は、アメリカでは『アマゾンエフェクト』と呼ばれており、既存の多くのスーパーやドラッグストアなどの『小売業界』のみならず『アパレル』やその他の業界でも、ネット通販の覇者『アマゾン』に年々顧客を奪われていくことに恐怖すら覚えているという。

また、その影響の大津波は日本にも押し寄せ、アマゾンの主力分野である『出版業界』全体への驚異となってきている」

珍しくセイラも、世間でよく聞く話を思い返しながら発言する。

「でも本当、最近はデパートでモノが売れないってよく聞くわ。今は皆、大体ネットで見て、購入するのが主流となっているものね」

「うむ。つまりだ。政治の大きく関与するリアル市場である『貿易』よりも、むしろ政治の関与の薄い『デジタル市場』での電子商取引（ネット取引）が世界経済の主流になりつつあるわけだ。

それはつまり、国レベルの大口の取引、すなわち貿易や関税、政治的しがらみに左右されることなく、世界各国の個人や消費者たちが主役となって、電子商取引中心に変わっているということになる。勝機はまさにそこに見出せるはずだ」

なぜ消費者はデパートではなくネットから商品を買うのか？

「つまり、これまでの『貿易』では当たり前にかかっていた商品や製品の『一般関税』が関係なくなってしまい、オンラインでの『個人の小口取引』においては、ほぼ『免税』扱いということにもなるわけだ」

「角栄」の発言にスミエが口を開く。

「そっかあ、なるほど。国同士の『貿易』というなら品目別に関税がかけられるけど、ネットでの個人消費者の小口取引の場合は、『免税』すなわち関税がほぼかからないということね」

「そういうことだ。つまり、このようにインターネットの消費者間取引が主流になってくるのであれば、普段の『貿易』で使用されている『一般関税』が、ともすれば一切関係なくなり、

『TPP』などの国レベルの『政治的な取り決め』にも、何ら左右されないことを意味している。

これは例えば、EU諸国において日本の『モノ』を『個人輸入』で購入する場合は、約45ユーロ（4000～5000円）程度までであれば『免税』対象（EUの消費税である付加価値税は別）となり、逆に日本で、『個人輸入』として、米国から1万円程度の商品を購入しても『関税』はかからず『免税』対象になるのと同じようなことなのだ。

つまり、デパートで陳列されている商品には、すでに関税が上乗せされていて『割高』になるが、ネットで現地から日本に『小口輸入』で仕入れや購入する商品には、『関税』はおろか、場合によっては『送料』すらかからないケースが多い。

また余談だが、日本で多くの人がアメリカの『ネットフリックス』（映像提供企業）から、映画やドラマなどの動画を購入してダウンロードしているが、現状では日本人がどれだけアメリカから動画を購入してネットフリックスの売上が上がろうとも、米国政府の税収には貢献できても、日本政府にはそれらの税収などは一切入らない。例えば、物流拠点が日本国内にあるようなケースでしか税金はかからないのだ。

このようにして、世界中のネット消費者が、世界の政治や通商貿易などの常識を変えていくわけだ」

フォロワーたちも、現代のオンライン取引の成長が、今までの世界の通商や貿易という国際政治の垣根を越えていることを目の当たりにしたような感覚になった。

膨大な「データ通信量」から世界を読む

「もう一つ、特筆すべきことがある。こういった個人取引が進む中、いま同時に『世界のデータ通信量』は飛躍的に増大傾向にある。

特に、アジア圏をはじめ、北米そしてEU諸国などが挙げられるが、中でもとりわけアジア諸国を中心に環太平洋地域のデータ通信量の急激な増加については目を見張るものがある。

その増大し続ける通信量を持つアジア圏において最も関心があるのは、当然アニメや音楽、そしてゲームなどの『ソフトコンテンツ』であり、多くの若者を惹きつける『日本市場』はその中心的な存在といえる。

ちなみに、アメリカ国内で、日本の通販サイトから購入した金額は、6000億円程度（16年）とされるが、中国国内で、日本の通販サイトから購入した金額は、1兆円をはるかに超えており、なお今も『ネット爆買い』の勢いは衰えることを知らない。

アジアはそれだけ成長の可能性が高いということであり、さらに言えば、日本という国は、世界から、それだけネットを通じて見られており、極めて『魅力』の高い国であることがわかるわけだ。

こういった背景を踏まえて、これまでのような『大企業や政治が主導で牽引する取引市場』ではなく、世界中の『個人消費者が主導の市場』への変化が、日本において、千載一遇のビッグチャンスをもたらすものと考えられる。

なぜなら、世界中の人たちは、誰よりも日本製（メイドインジャパン）のクオリティ（品質）や価値が他国のあらゆるモノに比べて高いことを知っているからだ。

ワシは、世界中の多くの日本ファンをはじめ世界での目利きや賢い消費者に、『メイドインジャパン』の素晴らしさを、より直接伝えていくことができれば、国家レベルで行っている通常の通商貿易以上に、ネットでの個人間の取引や交流の方が、遥かに大きな利益を生み出すことにつながると考えておるのだ」

「……なるほど。そこで、『情報通信インフラ』を戦略の手段として使っていくわけですね」

フォロワーが、先を見越したように発言する。

これが「角栄」の新しい成長戦略

「……と、つべこべと、講釈をたれてみたが、日本の新しい戦略は、十分にみえてきただろう。日本の独自のデジタル市場の創設。これが新しい日本の戦略、いわゆる『オンライン成長戦略』だ。

そして考えたのが、日本の技術や芸術性といった『メイドインジャパン』を中心とした市場、名づけて、世界初のコンベンション型の国家電子通商戦略プラットフォーム。その名も『ＺＩＰＡＮＧ』だ！

これをもって、日本の新成長戦略として電子通商取引、つまりオンラインの『戦略特区』構想を打ち出すのだ！

チームジパングの若きフォロワーたちは、一斉に声を上げた。

「国家電子通商戦略プラットフォーム……『ZIPANG』!?」

「一口に『メイドインジャパン』といっても、ネット上には、様々なものがありすぎて、世界のユーザー（消費者や企業）は、どういったアクセスをすればいいか、かなり戸惑うだろう。まず、世界から『日本市場』へアクセスする際に、アクセスするサイトを『統一化』するのだ。

プラットフォームビジネスとは、先にも少し触れたが、インターネット上に、ビジネスなどの取引する場をつくること、市場をつくることだ。例えば、『朝市』などで出店する店から土地代や出店料をもらうようなビジネスだ」

ジュンが続ける。

「今で言えば、アマゾンや楽天などのサイト、つまりWEBでアクセスして、消費者が商品売買をしたり、広告を閲覧したりするサイトビジネスのことですね。

フェイスブックやラインなども似たようなものでしょう。世界中の人は『商品売買』や『広告』や『交流』やら、何かしらの目的をもって、そのサイトにアクセスしています。

『フェイスブック』は世界で約20億人、『インスタグラム』は約6億人、『ライン』は約2億人、当然、『アマゾン』も、世界各国からアクセスされていますし。それらが巨大プラットフォームといえましょう」

国家電子通商戦略プラットフォーム
ＺＩＰＡＮＧその１
メイドインジャパンの見本市

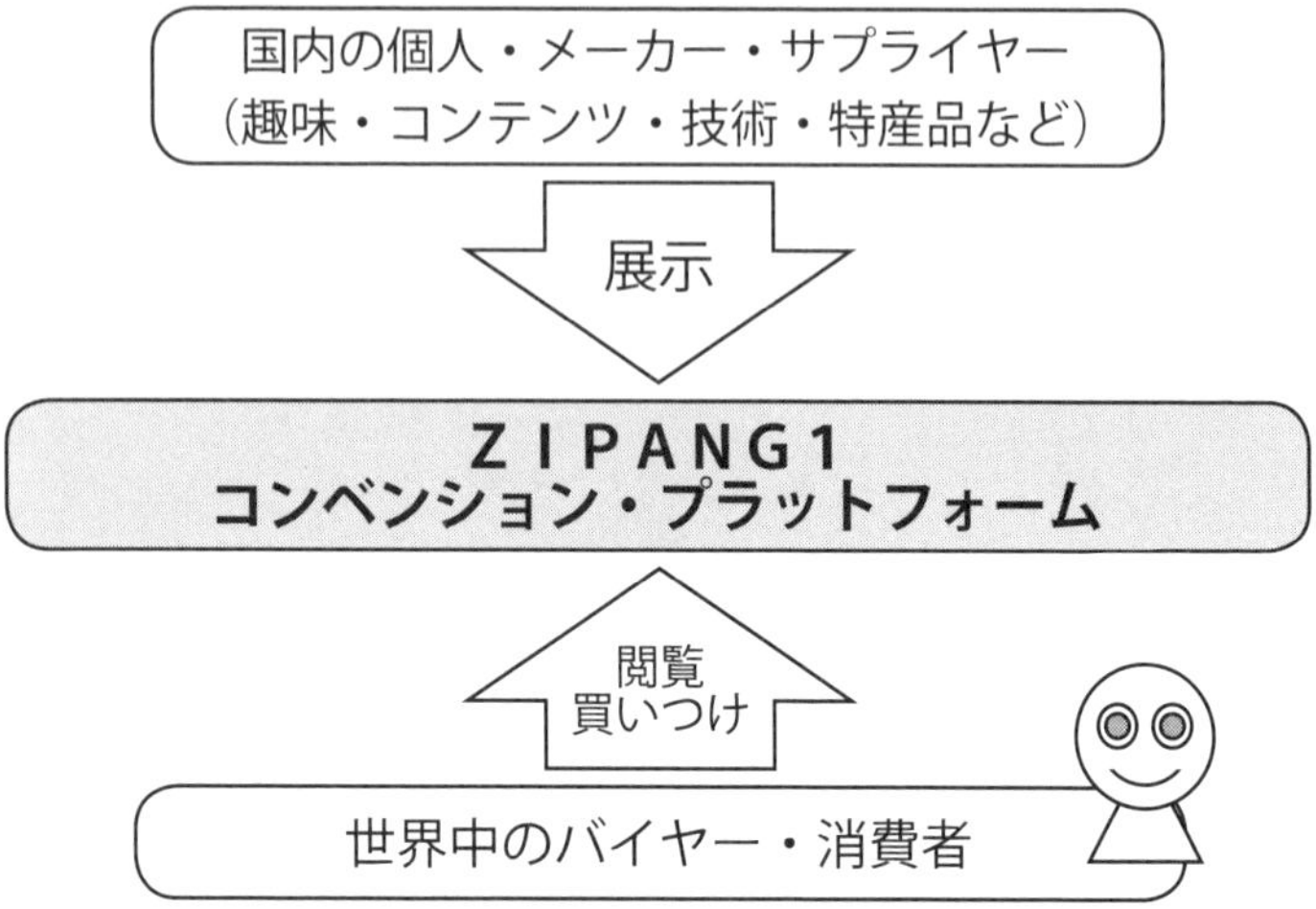

スミエが気になったワードを聞いてみる。

「……あと、『コンベンション』って、たしか『見本市』のことよね？　キップル？」

「そうだ、『コンベンション』とは、よく貿易や通商などに使う商品や製品の展示手法のことで、『見本市』などといわれる。簡単に言えば、幕張メッセ（展示会）などで開催される、『ゲームショー』や『モーターショー』、あるいはデパートの『北海道フェア』のようなものだ。

プラットフォーム『ＺＩＰＡＮＧ』では、様々なジャンルごとに『メイドインジャパン』を国内から集めて、日本のコンベンション（見本市）や展示即売会のようなものとして、常にインターネット上に展示しておくのだ」

○○がアマゾンやフェイスブックにも勝ててしまう理由

「つまり、『オンライン戦略特区』構想とも言えるプラットフォーム『ZIPANG』には、多くの世界中の人から注目される様々な『メイドインジャパン』が、すべてラインナップされることになる。

世界中の人が、日本には一体どういうものがあるのかと関心を抱いた時に、このサイトに登録しておけば、国外からでもいろいろなものが検索できる。

今のまま、ネット上にバラバラに点在していると、世界中の人が、日本にある欲しいモノや興味のあるモノにたどり着くのに、かなり苦労してしまう。

とりあえず、『ZIPANG』のサイトにアクセスすれば、効率よく、興味のあるモノや良いモノに出会えるというわけだ」

ジュンも、新たな戦略に感銘を覚え発言する。

「これは確かに、日本にしかできない超『見本市』の政策といえますね。

日本人は、アメリカや中国などでは、『雑貨』とみなされるようなモノでも、芸術的なモノに仕上げることを得意とします。それは、あのスティーブ・ジョブズでさえ、かなり感銘を受けていたようですし。

鳴き声を出す動物の形をした文具品や、変わったデザインのクルマのハンドルカバーや、パンダやスライムのキャラクターの顔をした肉まん、あるいは『たい焼き』など、単純に生活を見渡してみても、日本人の感性は、世界で絶対に有り得ないようなモノを多く創り出していますよね」

「うむ。しかも、オンライン戦略プラットフォーム『ZIPANG』は、様々なプラットフォームの性質を持った多機能の『ウェブサイト』だと言える。

つまり、出展者とそれに興味を持った世界のユーザー同士がフェイスブックのように個人間の『交流』もできるだろうし、アマゾンのようなオンライン取引は当然として、アリババのように、日本国内の中小規模のメーカーやサプライヤーと世界中のバイヤーを結ぶ接点のような存在にもなりうる。

そして何より、そこで扱っているモノは、世界中の多くの人から注目される様々な『メイドインジャパン』というわけだ。

さらに、『オンライン戦略特区』でもあるから、出展や閲覧などの参加は自由かつ無料を基本として、取引手数料を取るか取らないか、広告料をどうするか、そして関税や消費税、宅配コストなども、その時の日本に有利なように設定しても面白いだろう。

あと、まあ、出展で想定されるものは、コンテンツ（アニメ、ゲーム、マンガ）、陶器や焼き物、刃物などの特産品や工芸品、農産品や加工食品など。

そして、製造技術や医療技術あるいは環境技術といった、エコプロダクトやモーターショーのように『技術そのもの』も出展されるだろう。

それと、日本の観光情報や、流行りの和カフェなどの和食グルメの登録もあるだろうしな。

まあ、とにかく『メイドインジャパン』であれば、そこに一斉に出展登録できるというわけだ。

これまで日の目を見なかったニッチなモノが登録されて、世界の人達がそれはスゴイと認めてくれて、それが世界のどこかで商品化されたり、世界で評判になれば、たちまちにして、世界のスターになれたり、大富豪になれる人も出てくるだろう！　世界は広い！　どこで『そのモノ』に共感するかは出展しないことにはわからない」

フォロワーたちは、その仕組みを頭でイメージしてやや興奮気味になり、スミエが発言する。

「キップル！　それ、めっちゃ面白いと思うわ！　日本国内の多くの人が参加するし、外国の人たちもスッゴくアクセスしてくると思う！

まさに、全世界総勢70億人の参加する日本独自のオンライン戦略『プラットフォーム』ってわけね。日本人全員にとって夢のある話だわ！」

世界中の人々を魅了する「ZIPANG」

「つまり、日本中の『メイドインジャパン』を全て集めて、ネット上のサイト『ZIPANG』に展示をすれば、世界中の人は、『メイドインジャパン』とはどういうものかを、インターネットでアクセスするだけで、全て見ることができるわけだ。

それは、フランスの『ルーブル美術館』やイギリスの『大英博物館』を訪れるのと似たような感覚だろう。

日本中のメーカーやサプライヤーと、世界中のバイヤーや日本ファンの消費者が集って結びつくことのできる、多機能型の世界初の巨大なWEBコンベンション型プラットフォーム。

それがこの『ZIPANG』だ。

日本のアトラクション（魅力）を世界に魅せてアピールし、世界から興味を持って実際にアクセスしてもらうためには、どうすればいいのか？

それは、エンターテインメント産業と同じ、あるいはそれ以上に考えて、様々な発信を行わければならない。

これはまさに、日本の『技術』と『匠』や『芸術性』のレベルの高さがあるからこそ実現することができる、世界で唯一のプラットフォーム戦略なのだ。

世界の多くの消費者が『メイドインジャパン』のレベルを知っているからこそ、世界中の日本ファンや良いモノを求める『消費者ポピュリズム』を味方につければ、各国の政治家でも個人取引規制などの市場介入することは、そんなに容易ではない。

日本は、このオンライン戦略特区であるプラットフォーム『ZIPANG』を現代の主力戦艦として、『インターネット』と『世界の消費者』を味方につけて、『世界で勝てる成長戦略』を見出して、前に進むことができるわけだ」

ジュンも、まるで料理に舌鼓を打つかのように言ってみた。

「本当に面白い構想です。この『オンライン戦略特区』構想は、日本ならではのITイノベーションであり、また、実にユニークな経済政策だと思います」

プラットフォーム「ZIPANG」その1 ——機能

「当然、『メイドインジャパン』であれば、何でも登録できるものとする。そして、ラインナップのジャンルは、次のようなものが考えられるだろう。ちょっとホワイトボードに書いてみよう」
・・・・・・・・・
【ソフトコンテンツ】～アニメ、ゲーム、マンガ、音楽、映画、アートなど。市場に出ていないコンテンツも登録できる。若者の繊細な感覚の芸術と才能が世界を魅了する。

【ハード】～市場にないモノも含め、世界にまだ知られていない、小説の『下町ロケット』で描かれている町工場のニッチな製品あるいは独自技術など。

【医療】～日本の高度な治療や医療技術。日本に医療ツーリズムをしたくなるような技術も多いはず。世界にアピールしたい医療スキルや医療環境を持つ医師や個人病院も多いはずだ。

【環境】～CO_2排出など、環境負荷を大きく抑えることのできる環境製品と技術。そして、環境に関わるすべてのエコプロダクトなど。

【観光】～絵画のような日本のニッチな観光スポットを紹介。食や温泉、山や海、和民家カフェなども世界市場に紹介できる。

【特産品】～焼き物や刃物、工芸品や伝統芸能、あるいは日本の伝統食品など。低迷する地場産業だが、世界の人から見れば、成長産業の可能性がある。

【農業】～日本のクオリティの高い農産品や加工食品には、世界中のユーザーも驚くだろう。

【グルメ】～世界に知られていない日本のB級グルメの創意工夫のレベルの高さは、世界の料理界に新たな衝撃を与えるはず。

【人材】～世界が必要とするスキルを持つ人材も多く存在する。こういった個人のスキルや経験などについても、登録したら「面白いかも。

【その他】～ガーデニング（植木、盆栽）や、その他の趣味など。

・・・・・・・・

「角栄」はダイゾーに指示し、ササッと水性ペンでホワイトボードに書き込ませ、話を続ける。

「……とまあ、こんな感じだろう」

「あとは、アニメやアート、マンガ、ゲームあるいは音楽など、作りかけの作品でも『ZIPANG』の『つくりかけ創作物エリア』に出展しても良いかもしれない。

そこから、国内や国外の両方で、ファンや仕事に携わる仲間が増える可能性もあるだろう。

世界は『70億人の市場』だ。日本の1億人のちっぽけな市場とは、『価値観』も『スケール』もまるで違う。なので、そこから海外に売れれば、たちまちにして、世界のスターになれる」

「世界の市場や世界の人々の価値観ほどわからないものはない！

グローバル市場の戦略の場合、『わからない価値観』が大きく勝敗を左右していくポイントになる。

グローバル化し、多様な価値観で構成されたニーズ（需要）を完全に満たすには、普段は店頭では売り物にならないであろうモノにまで、視野を広げなければならない。

つまりニッチ（隙間）ビジネスが、今後のマーケットにおける勝敗を大きく左右するのだ。

そういった意味で、世界の人々（バイヤー）には、おそらく日本国内にある様々なコンテンツ（メーカー、サプライヤー、クリエーター）のまだ一部しか伝わっていないだろう。

この普段は売り物にならないと思い込んでいるコンテンツが、プラットフォーム『ZIPANG』では、アマゾンの『ロングテール』（主力以外の商品でも多く売れること）のように真価を発揮してくる。

普段、一般の市場では決してお目にかかれないような様々なアートやアニメ、農産品など多くの可能性をもった品々や、あるいは人材（スキル、経験）といったものが、国内や国外の多くの人たちの価値観とニーズをくすぐり、多くの取引が始まり、そこでは今まで誰も知らなかったマンガやアニメや音楽などの創作者が未来のスーパースターとして誕生するかもしれん」

おとなしかったセイラも、強く興味を持ったらしく発言してみる。

「確かに、日本のコンテンツ（アニメ、ゲーム）文化は、世界を瞬時に熱狂へと変貌させるよね。『ポケモン』をはじめ、『スーパーマリオ』などはリオ・オリンピックでもその存在感の高さを世界に示して、また『キャプテン翼』は、イラクやブラジル国内の貧しい子どもたちにも夢を与える存在にまでなってるって聞いたことがあるわ」

「そうだ。今の世の中は、グローバル化した価値観の中で、何がヒットして売れるかわからない時代なんだ。

例えば、『ＹｏｕＴｕｂｅ』で世界中に有名になったお笑い芸人の『ピコ太郎』は日本国内でも当時ほとんど誰も知らない存在だったが、その類まれな才能と一発芸で、瞬く間に世界に知られる存在になった。

国家戦略プラットフォーム『ＺＩＰＡＮＧ』は、多くの日本のサプライヤーやメーカーが全国津々浦々から寄り集まる、キングオブジャパン（日本の頂点）を競い合い、また、世界に挑戦する人たちのためのまさに祭典であり取引所なのだ」

日本の持つ可能性に気分の高揚を抑えながらジュンが続ける。

「つまり、それまで自分の周りではほとんど評価されなかった商材や製品や農産品、あるいはコンテンツ（アニメ、音楽）を持っている人たち一人ひとりの新しいステージが、『ＺＩＰＡＮＧ』では準備してあるわけですね。

そして、これまで誰にも知られず、どうやって取引先を探し、あるいは営業をしていけば、作品を評価してもらい、自分の才能を売り込めるのかわからなかった日本の若者や多くの人々にとって、その才能を世界中の人々に見てもらうこの上ないチャンスが生まれるというわけですね」

「まさにそうだ。日本全国に埋もれた才能や作品を、国内や多様な価値観を持つ世界中から多くのバイヤーが集うメイドインジャパンの祭典である『ＺＩＰＡＮＧ』に出展させることによって、新たなニーズ（潜在購買力）を引き出して、それが『ロングテール』となる。

これが、『日本人の秘められた才能と潜在能力』と『世界中に隠されている潜在需要（ニーズ）』を、最大限に引き出す国家電子通商戦略プラットフォーム『ＺＩＰＡＮＧ』の真骨頂なのだ！」

スミエを始め、チームジパングの若者たちは、世界の中心は日本になるのではないか？という新しい「時代の潮流」のような錯覚めいたものを感じ取っていた。

プラットフォーム「ZIPANG」その2 ――国内の地域交流

「『ＺＩＰＡＮＧ』の可能性の二つ目は、日本国内の日本人同士の交流だ。意外と思うだろうが、日本人こそ、実は自分たちの国内にどんなものがあるかを知らないのだ。周りに聞いてみればわかる。自分の町や隣の市区町村の『特産品』は何ですか？　って。

誰も知らんようなニッチなモノが、逆にウケるんだよ。もっと、自分の町や隣町や自分の国のことを知らなきゃならん。おそらく『ＺＩＰＡＮＧ』に出展しているもので、例えば、自分の住んでいる都道府県や市区町村で、範囲をしぼって検索すれば、これまで全然知らなかったモノが近くにあることがわかるだろう。

そこに、アクセスして初めて、新しい交流が始まるのだ。日本国内のあちらこちらでな。そうすれば、新しい地域間の交流が増えることになる。例えば、特産品や農業の情報や、医療の情報や、知らなかった製造技術の情報なども共有できる可能性が一気に広がるはずだ。

そういうことから、自分の住んでいる街や近隣の街のことを知って興味が出たり、住んでいる街を大事にする愛郷心が芽生えるのだ」

「角栄」のそつのない細かい提案に、全国のフォロワーたちもただただ聞き入っていた。

農協は、不要になるのか？

「さらに例えば、『農業』に特化して言えば、サプライヤーとメーカーとバイヤーがそこで決まれば、仲介役の『農協』自体の存在にも影響が出てくるだろう。

資材や肥料など、この『ＺＩＰＡＮＧ』の中で、安いところが見つかる可能性はある。

あるいは、自分たちで新しい『農業仲間』をつくって、それでこの『ＺＩＰＡＮＧ』を上手く利用すれば、新しい売り先や取引先などのネットワークが、あっという間にできてしまうかもしれん。

さらに販路や売り先で言えば、農協は国内に限られるが、『ＺＩＰＡＮＧ』を使えば、海外の取引先も多く出てくるだろう。今や、ＪＡですら、中国の巨大プラットフォームである『アリババ』のサイトを使って、日本産のコメを販売している状況だからな。つまり、これまで『農協』の果たしてきた存在意義も、次第に薄れていく可能性はあるだろう」

「それが、まさに『第二の農協』みたいなイメージなのかもしれませんね」

「角栄」の説明に、将来の産業構造の変化を感じ取ったジュンが、そう締めくくった。

プラットフォーム「ZIPANG」その3　――世界万博

「あとはまあ、ゆくゆく『世界万博』のようなサイトになっていってもいいだろう」

「世界万博??」

スミエやフォロワーたちは、「角栄」の言葉に反応した。

「最初は、当然『メイドインジャパン』のプラットフォームだが、いずれは世界各国から出展された名産品が集うコーナーを設けてもいいだろう。つまり、将来の『ＺＩＰＡＮＧ』とは、かつてシルクロードの先にあった、現代の世界の貿易の要衝のようなものだ。

世界から、多くのモノやサービスなどが寄せられる。もちろん、『メイドインジャパン』が中心ではあるだろうがな。

多くの人が、『ZIPANG』にアクセスして、もちろん日本のモノを見ることもあれば、海外のコーナーを見る人もいるだろう。まあ、どのくらいの出展料をとるのか、またはどれくらいの取引手数料や広告料をとるかは、考えものだがな。

つまり、『ZIPANG』の究極の姿というのは、世界中の人がさまざまな世界のモノを出展あるいは取引できる『世界最大の万博』サイトとなるわけだ」

「そっかあ、なるほど。世界中の人たちが、『ZIPANG』にアクセスして、さらに国別で出展しているモノを閲覧していくことができるわけね。なんか、一日中見てても飽きないような、とてつもなく広い『世界最大の美術館』のようなイメージかしらね」

スミエは、膨らんだ華やかなイメージの中にいるような気分に浸っていた。

「ああ。品質の高い『メイドインジャパン』が中心となって出展されているから、アクセスし甲斐はあるだろう。オンラインにおける世界の中心が、『アマゾン』ではなく、『ZIPANG』となることも決して夢ではない。これが、日本の新しい成長戦略と言えるわけだ」

また一つ、AIの「角栄」の助言により、チームジパングは日本の大きなビジョンを手に入れた。既にメンバーの中には、閉塞感や停滞感などのネガティブな日本の要素を持っている者は誰一人おらず、日本こそが地球の未来であり、世界の中心である可能性を見出していた。

なぜ、この巨大公共事業は、税金負担ゼロなのか？

「……でも、システムの構築や運営に、ざっと数百億円以上はかかりそうですね」

ジュンが、システムの開発資金を考えながら「角栄」に意見してみる。

「今は、資本経済が発展して資金調達の幅がかなり広がっているからな。民間中心の資金調達の手法を組み合わせて使うといいだろう。

考えているのは、『ＰＦＩ』（プライベート・ファイナンス・イニシアチブ）だ。

これは簡単に言えば、『ＺＩＰＡＮＧ』プロジェクトを民間企業に委託し、民間で資金調達や開発、運用を行う、というものだ。

ＩＴ企業や商社やエンターテインメント企業など、多くの日本国内の企業が資金やノウハウを出すことが期待できる。

つまりそれは『オールジャパン』体制ということだ。

あとは、施設などの運営だけを民間に任せる『コンセッション』というのもあるし、その他にも『ＰＰＰ』（パブリック・プライベート・パートナーシップ）といって、設備は官が保有するが、企画や計画段階から運営までを民間企業が手がけるという手法もある。

また、国内系の『インフラファンド』というインフラ向けのファンド会社に働きかけるのもいいだろう。

それから、この『ＺＩＰＡＮＧ』自体が、日本国民全体が参加できるシステムであるから、最近流行りの『クラウドファンディング』などのいわゆる『フィンテック』（金融とＩＴの融合）を使って多くの国民や企業から、ネットを通じて投資や寄付を募ることも面白いと考えておる」

「なるほど。本当にいろいろな資金調達や運用のスキームがあるんですね」

「そうだ。だから、基本的に『国民の税金』は投入しない。つまり、これも税金の掛からない公共事業であり、同時に日本の成長戦略事業でもあるのだ」

「でも、日本国民の個々のスキルを世界にアピールできるシステムですから、意外に多くの人たちや予想もしなかった賛同者から資金が出てきそうですね。

自分たちでお金を出して、大きなステージを作って、そのステージで日本の国民が技や知恵やアイデアを出し合う。

そして、それが世界からどう評価されるのか？　そう考えてみただけでもワクワクします。日本に生まれてよかった、という人もいっぱい出てきそうな感じです。

本当にこの巨大事業は、大きな夢がありますね！」

若きチーム一同は皆、イメージを膨らませ目を輝かせていた。

なぜ日本は税収以外で「大儲け」できるのか？

「日本ゼロ計画その２」において、日本国民は、政治家や役所に頼らずに、自分たちで自らの技や匠を世界に発信し、財貨を稼ぐ術を構築することができた。

当然、このプラットフォーム『ZIPANG』を活用して、億万長者になる人もいれば、有名人になる人も多く出てくるだろう。

しかし、それ以上の成果として、日本は国家事業である『ZIPANG』の手数料収入や広告収入などによる税収以外の収益によって、国あるいは地方の財政を潤す手法を手に入れたのである。このプラットフォーム『ZIPANG』が世界70億人の注目を集めれば集めるほど、そこに参加する人たちは活躍の場を広げ、政府の収入にも大きく繋がってくるというわけだ」

そう聞いたフォロワーたちは、さらに新しい未来が到来することを感じざるを得なかった。

「そう！　これこそ、世界中を驚かす日本独自のオンライン戦略であり、世界に誇る新しい『国家電子通商戦略』！　これこそ、二刀流　弐の剣　プラットフォーム『ZIPANG』なのだ！」

日本ゼロ計画その3

二刀流　零の秘剣「ジオ・スパーク」——日本列島と火山の抄

いよいよキップルの「講義」もラストスパートとなり、フォロワーたちも必死に聞き入っている。

「これが最後の話になるが、『日本ゼロ計画その3』のテーマは、日本国の『真の自立』である。『日本列島改造論』にも著されていたように、現在の『原発政策』の起源は、当時のワシのビジョンにある。

しかし、ワシは『原発』政策を推進したかったから、それを論じたわけではない。『日本国家の自立』をどう果たすべきかという視点から、当時のテクノロジーの最先端技術として、海外（中東）の『輸入の石油』に依存する『火力発電』からの脱却を図り、その代替案として『原発』政策を考えたわけだ。

従って、現代のさらに高度化したテクノロジーの下では、当時の技術では不可能とされていた新しいエネルギー政策、すなわち『再生可能エネルギー』を基軸として政策転換し、推進しなければならない。

日本の『エネルギー自給率』というのは、たかだか7％程度に過ぎない。これでは『自立した国』とは到底言えない。この状況を大きく変えねばならない。

かつて、石炭から火力発電（石油）へ、そして火力発電から原子力発電へとエネルギー政策が変移していったように、現在の原子力発電から再生可能エネルギー発電へと、エネルギー政策が新しく生まれ変わる時がきたのだ」

「超資源国家」日本

「まだ『資源なき国家、日本』と、ネガティブに語られることがよくある。

しかし、それはまだ近代文明での産業革命の延長線上において、『鉄鉱石』や『石油』といった天然資源に乏しい、という一面で嘆いているだけであり、日本列島の真の魅力を十分に理解していないだけなのだ。

日本列島をよくよく見渡してみよう。自然連鎖豊かな山々が列島に連なり、四方は美しい海洋に囲まれておる。

観光資源もマコトに豊富だ。魚も肉も旨い。北海道から九州、沖縄まで、農業資源や漁業資源がある。そこでは農作物も海産物もよく取れるし、何より『品質』が素晴らしく世界でも評価が高い。そして、列島の天然資源のみならず、『人的資源』として農業の技術や生産あるいは製造に関する技術も極めて高い。

さらに、日本中にある『文化資産』や『技術』など全てを『資源』として考えれば、世界にまだまだ知られていない下町や地方のニッチな技術も多い。そして、地方の特産品である刃物や陶器、金物や工芸品など、これらも立派な日本の資源といえよう。

そして、何より、……アニメやゲームなどのコンテンツ関連なども『資源』であり、レベルは世界トップクラスだ。

また、石油や天然ガスなどの資源不足問題について言及されもするが、日本がその気になれば、風力、太陽光、潮力に水力、バイオマスをはじめ、世界でもトップクラスの地熱エネルギーの活用も拡大されるであろう。

見方を少し変えるだけで、日本には観光資源、文化遺産、食糧資源、水資源、エネルギー資源など、豊富で多様な資源があると言える。

そう考えると、この国は、まさに超資源国家『日本』なのである」

なぜ、日本列島が「ディズニー」より面白くなれるのか？

「エネルギーに関して言えば、水があれば『水素』エネルギーができ、海があれば干満の『潮流』エネルギーがつくられ、風や陽の光は風力や太陽光のエネルギーを織り成し、ダムや河川からは水力エネルギーが発生し、火山があれば地熱エネルギーが作られる。

さらには、農業や林業の延長には、生物の力を利用したバイオマスといった、数多くの自然エネルギーが存在する。

また、最新の成功事例として、日本の太平洋側を『大河』のように流れる海流『黒潮』の莫大なエネルギーを応用し発電する『海流発電』なるものも、今後大きな期待をされておる。

このような様々な再生エネルギーをうまく『エネルギーミックス』させれば、日本のエネルギー自給率は大きく上がるし、それが世界に誇るクリーンエネルギーでの『国の自立』ということになる。

そして、日本特有の『火山』を活かした地熱発電や、太陽光や風力、水力などの自然環境から生成するクリーンエネルギー産業を日本の『基盤事業』として考える。

さらに、それらエネルギー産業の上に、湧水に温泉、登山や海洋などのレジャー、観光、火山公園、食などの天然資源や立地条件を活かした『観光産業』や『スポーツ（レジャー）産業』、そして、温泉や食材を活かした『健康産業』や『美容産業』、あるいは、農漁業など様々な『食資源』を活かした多くの産業や事業を複合的に興すことができる。

これだけ多くの国家戦略に応用できる『資源』の要素があり、コンパクトな地理や国土を持った国は他にない。

これは、中国の一大構想である『一帯一路』が、『中国全土そのもの』を新産業や交通や流通の『プラットフォーム』と考え、ユーラシア大陸の広大な国土の利点を最大限に利用した『中国の国家戦略』と同じように捉えることができる。

つまり、『日本列島』そのものが、まさに『エネルギー資源』と『観光資源』を中心として、そこから派生した『レジャー産業』や『健康産業』『美容産業』『食産業』などの産業を自在に展開することのできる『プラットフォーム』といえるわけだ。

これは、地熱発電と水力発電、そしてそのエネルギーを応用した温泉などのスパ産業を多く持つ国家『アイスランド』の国家戦略にも似ているだろう。

わかりやすく言えば、『日本列島』とは、『一大テーマパーク』のようなもので、ディズニーランドやUSJ、あるいはハウステンボスなどの『プラットフォーム』（事業基盤）に、どのような事業やサービスを持ってくるかという『エンターテインメント産業』の発想にも近い。

すなわち、『日本列島』とは、国土から様々な産業を生み出すことのできる『プラットフォーム』、あるいは『天然の要塞』とも言えるわけだ」

「日本列島」に秘められた真のチカラとは何か？

「少し、他国のエネルギー政策について触れてみよう。例えば、アイスランドは、国の全エネルギーの80％以上を自国の再生可能エネルギーで賄っている。そのうち、75％が火山の『地熱発電』で、残りの25％がダムや河川などの『水力発電』という構成になっておる。

アイスランドも元々、北海油田の石油など、海外のエネルギーに大きく依存した国だったんだが、およそ半世紀前に経済危機やエネルギー危機に見舞われ、それを教訓に数十年という歳月をかけて現在の『再生可能エネルギー自立先進国』に生まれ変わったのだ。

また、アイスランドでは、その熱水をエネルギー以外の、レジャーや『スパ』など健康産業や美容産業に応用し、有効活用する取り組みも進んでいる。まさにいわゆる『地熱』を利用した再生可能エネルギー先進国のモデルといえるだろう。

その他、インドネシアなどの新興国でも、世界第二位の地熱資源量をもつ火山帯のエネルギーを利用した地熱開発を進め、国全体の地熱発電の割合を急速に高めている。

そして、世界の中で特筆されるべき存在は日本なのだ。この日本列島には、世界でもアメリカとインドネシアに匹敵する『世界第三位』の地熱発電のエネルギー資源埋蔵量がある。特にこの三つの国は、全世界でも地熱資源量が突出している。

日本の地熱資源量は、この日本の原発エネルギー約25基分（約２５００万ｋＷ）以上を賄うほどの膨大なエネルギーがあるとされている。

それだけの半永久的なエネルギーが、この日本列島には蓄積されているのだ。

当然、リスクの高いマグマエネルギーの地熱開発において、自然公園法の緩和は進んでいるものの、その開発のための資金や開発リスクの問題など、そのハードルは全体的に未だ高いとされている。将来、技術力がさらに向上すれば、現在の地熱資源量以上のエネルギーを生成することができるだろう。

しかしながら、実は、リスクの高いマグマ地熱エネルギーではなく、この日本列島に所せましと湧いている地熱による『温泉』、つまり『熱水資源』そのものを利用しても、かなりの発電量になるといわれている」

原発40基分のエネルギーとは何か？

「その温泉の『源泉』や『熱水』を活かした発電が、すなわち『ゆけむり発電』というわけだ。

これは現在、日本国内に存在する温泉地や温泉水を利用している施設、そして高温過ぎて利用されていない温泉エネルギーで発電しただけでも、およそ『原発約10基分』に匹敵する発電量になるとされている。

また、それだけに限らず、ダムではなく日本全国の約２万ヶ所の河川や水路を活かした『小規模水力発電』をフル発電すれば、『原発約15基分』に匹敵する電力が発電できるとされる。つまり、温泉や河川、日本全体の地熱を合わせれば、現在の日本の原発約40基分にも匹敵するエネルギーが存在していることになる」

ここで、「角栄」の話を黙って聞いていたダイゾーたちも驚いて反応してみせる。

「原発40基分のエネルギー!?　……って、それ相当な発電量になるんじゃないのか？　いや、河川水力エネルギーってやつもかなり凄いんだけどさ……」

「そうだな。温泉の源泉の熱水を活かして、そこから新しい電力を起こしていくのだ。地熱発電の一番のメリットは、風力や太陽光のように、気象条件などに左右されないことだ。温泉というのは、常に地下で熱く沸かされた源泉が湧き上がってきており、もし温泉などに利用されなければ、そのまま熱は冷めてしまい、廃水として流れて終わりだ」

いわゆる「ゆけむり発電」に関心をもったフォロワーも反応した。

「そう考えると、温泉って、誰にも使われず流される量の方が圧倒的に多いですよね。それだけのエネルギーの『源泉』が自然に湧き出てるのに、日本はすごく損をしていますね」

「そのとおりだ。どこを掘っても温泉を掘り当てられるなんて国は、日本くらいなものだろう。つまり、この縦横無尽の火山帯と地熱資源の条件を活かしきれていないのだ。それなのに、日本は資源がない国であると決めつけられることは理解しがたい。

視点を変えると、他国にないものを多く持っているのが日本なのだから、日本が持っている特有の資源を使いこなしていかねばならない。『ゆけむり発電』自体も、全国的には、まだ始まったばかりだが、できることはどんどん進めていかねばならない」

なぜ新しいエネルギーが観光戦略となるのか？　――ゆけむりバイナリー発電

「例えばだが、『温泉旅館』で、週末や連休などの繁忙期であれば、温泉は十分に活用されているのかもしれんが、閑散期や平日の昼間などは、温泉は出ているが、ほとんどそのまま廃棄され流されるしかない。

そういった廃棄される温泉水を利用して発電に応用すれば、温泉宿は、お客さんがいないときでも、温泉を活かして発電し、それを『蓄電』したり『売電』したりできれば旅館や温泉宿の経営も安定し、日本の観光産業は新たな可能性を導き出せるだろう。

何といっても、『温泉』は日本の伝統的観光産業といっていいだろう。しかし、主軸産業とは言え、基本は個々の会社経営であるから、厳しい風が吹くこともあろう。

そこで今後、観光企業の経営の多角化として、『観光』と『エネルギー（売電）』を旅館経営の両輪としてはどうだろうか？　『太陽光』方式では、全体的な普及は進んだが、当初の高値な売電価格もあり、また、何の垣根もなく自由市場すぎて、土地転売のブローカーなどが暗躍し、一時的に投機的な市場となってしまった。

なので、とりあえず既存の観光産業（温泉宿、温泉旅館など）にのみ条件を制約し、『ゆけむり発電』の売電を促せば、『太陽光』のように『投資家』を名乗ったブローカーが暗躍せずに、温泉旅館が個々の経営努力として温泉のお湯から発電し、『太陽光』や『風力』のように気候条件に左右されることなく、特定の価格で電力市場に安定した電力を供給することができるはずだ。

また、そうすることで、温泉宿は『集客』と『売電』の両方で安定し、うまくいけば自然エネルギーでまさに『原発約10基分』もの巨大なエネルギーを既存の観光産業から導き出すことができるわけだ。

つまり、これからの日本の観光産業、とりわけ『温泉旅館業』というものは、従来の『観光』分野だけでなく新しい『地熱エネルギー』分野でも成長することができるようになる」

テクノロジー系の話に絡んだところで、研究に忙しいジュンも珍しく参加してみる。

「そうか、なるほど。それ、面白いかもしれないですね。日本の主力産業である観光産業に着目して、温泉を活かした多角的な経営を取り入れれば、より日本の観光産業も盛り上がるわけですね」

「うむ。まあ仮定の話だが、これまで温泉でそのまま流していた源泉が、発電を行うモノに化けるのだから、観光業にとっても、日本全体にとっても、大きなメリットが出てくるはずだ」

「あ、でも、実際には、どんな感じで『発電』をすればいいですか？　源泉の熱水の水蒸気でタービンを回すようなイメージですか？」

「うむ。基本はそうだろう。しかし『源泉水』だけを使っていては、恐らくタービンなどの発電機器に『温泉成分』がこびりついてしまい、機器のメンテナンスに追われるだろう。そこで、考えられたのが『バイナリー発電』というものがあるのだ」

「バイナリー発電っていいますと?」

ジュンは「人工知能工学が専門であるが、その他の専門分野にも興味があった。

「温泉の熱水をそのまま使うのではなく、『間接的』に利用するのだ。例えば、『水』ではなく、『アンモニア』などの別の触媒を使うことで、より低温の熱水でも発電できるような仕組みだ。

『水』は沸点が100度だから、100度にならないと気化して『水蒸気』にならないが、例えば、沸点が60度や80度くらいの触媒であれば、温泉の熱水がやや低温であっても、触媒が蒸気となってタービンを回すことができる。

もちろん、触媒は冷やされて、また再利用されるわけだ。これなら温泉の熱水が多少冷めても利用ができる。また、健康に良い成分の多い『温泉水』自体の再利用も可能となるわけだ」

「なるほど! 中学校の化学の実験でやったようなイメージですね。確かにそれなら、温泉の成分で、地熱発電の機器が必要以上に汚れてしまう恐れもなく、低温であっても発電できるわけですね。そして、その残った温泉水は、いろいろと再利用できる価値がありますね」

実験好きのジュンは、とても目を輝かせていた。

「原発ゼロ」こそ「本当の日本」である理由

「ああ、そうだ。そしてその『温泉水』を、何度も効率的に利用していく『一連の流れ』のことを、『エネルギー・カスケード』と呼んでいる」

「エネルギー・カスケード……。カスケードは『滝』という意味だから、温泉のエネルギーが滝のように流れるということですね」

「そのとおりだ。つまり、温泉の熱水を、『温泉』や『発電』に限らず、さらに範囲を広げて、より多くのことに活用することを意味する。

それは、熱い温泉水を『地熱発電』に使って、その後、そのまだ熱い熱水を旅館などの施設の間接的な『暖房』に使ったり、あるいは、農業のビニールハウスのような促成栽培施設を『保温』することに使ったりすることもできる。そもそも温泉だから海に流しても、温かくて成分も入っているから、魚たちも集まって良い漁場にもなっているのだ。

さらには、温泉の成分は肌や健康に良いものが多いから、『美容スパ』や『温水プール』にも使うことができるだろうし、他にもアイデア次第で様々なことに利用できる可能性が出てくる。この一連の流れが、まさに『エネルギー・カスケード』と言われるものだ。

そして、これらエネルギーの循環を、ワシは『エネルギー・カスケード・サイクル』と呼んでいる。これは日本特有の火山地熱の自然エネルギーをフル活用した『循環型の社会』であり、まさに次世代のエネルギー産業ともイメージされよう」

「それは面白いですね！　そのアイデアは最高だと思いますし、それは日本の明るい未来をイメージしているものですね！

温泉のエネルギーを活かした地熱発電から始まって、残りの熱水を農業に活かしたり、暖房に活かしたりすることで、複合的な効果を生み出す。そして農漁業、温泉やプールなどの『スパ』、美容産業や健康産業にも裾野が広がりましたね。

これはまさに、観光産業とエネルギー産業が融合して創られた新しい産業、そして『原発ゼロ』の先にある未来の総合戦略と言えますね」

列島をフルに活かした新電力構想とは何か？

「……と、まあ、いろいろと講釈をたれてきたが、『ゆけむり発電』にせよ、『地熱発電』にせよ、『河川水力発電』にせよ、山奥や河川から、従来の『鉄塔と送電線』方式だけで電力を引っ張るのは、自然災害などを考えると、あまり好ましくないだろう。

そこで、次世代の送電方式についてだが、『持ち運びの自由にできる高性能リチウム蓄電池』を用いて山や川で発電し、蓄電した電池を車両で運んだり、そのまま車や家の電源として使えるようにするのがいいだろう。

中国や新興国などの一部の国やエリアでは、まさにその構想で進んでいるところもある。

つまり、充電あるいは蓄電した電池を持ち運んで、様々な電源として使い、『電池切れ』になったら、また家で電池を充電したり、山や川にある『発電システム』で蓄電するようなイメージになる。これは災害の多い日本でも適用すべき事案である。

災害の度に現在の送電網がダメージを受ければ、その地域で電力が通らず病院などの重要機能がマヒしたり、街全体が停電してパニックとなってしまう。

しかし、『持ち運び蓄電池パック』方式であれば、災害時でも、家や車、避難所や病院へ、日本各地から『電池パック』を届けることができれば、発電することが可能になる。

また、『持ち運び蓄電池パック』が普及してくれば、『コンパクトシティ』や『スマートシティ』などにも応用できる。

将来は、地熱発電や河川発電に加え、太陽光や風力、バイオマスなどの発達と効率向上、そして『蓄電池』の性能がさらに向上すれば、日本の膨大な地熱で発電し蓄電した『電池パック』そのものを海外に輸出することも決して夢ではない。

東アジア圏のエネルギー事情において、日本の『地熱』が最大の熱源になれば、日本は大きなアドバンテージを持つことができる。日本の持つ世界最大級の『地熱資源量』と、世界最大クラスの『技術力』があれば、それが十分に可能であることをぜひ認識していただきたい。

いよいよ最後になるが、この『日本ゼロ計画その3』である『ジオ・スパーク』構想とは、中国全土の『一帯一路』構想のように、『日本列島』そのものを様々な『産業の基盤』と考え、そこに『再生可能エネルギー』と『観光産業』を中軸として、多くの新しい産業が発展する仕

ジオ・スパークのフロー例
（エネルギー・カスケード・サイクル）

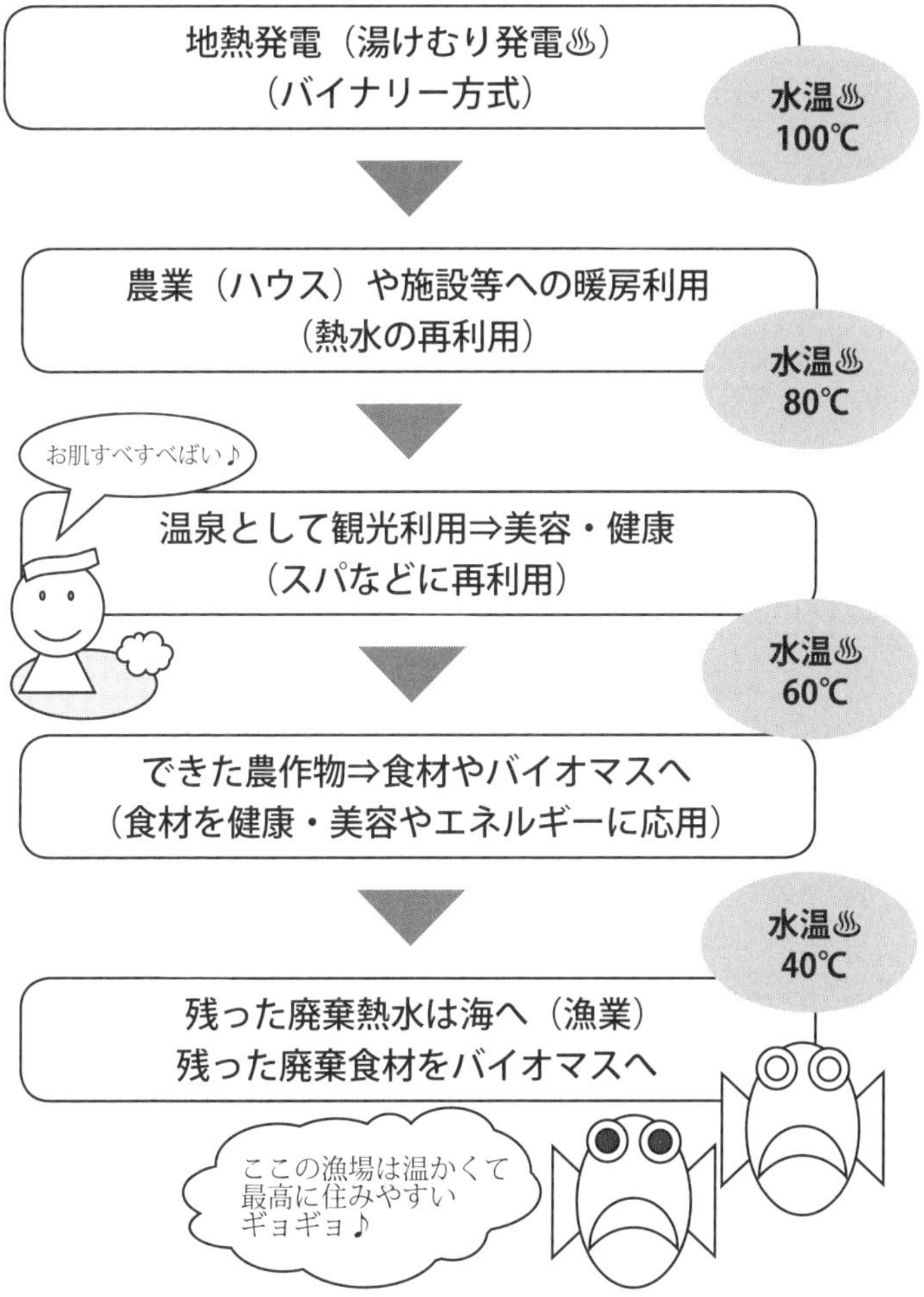

組みをつくることである。
そう、これが太古の祖先たちから脈々と受け継がれてきた日本列島の真のチカラ！
これこそ、二刀流　零の秘剣『ジオ・スパーク』の真骨頂よ！」

第四章　日本列島史上最大の危機

新・田中角栄派の結成

空に月が昇っている。月はやや赤く、雲がうすく出ていて星は見えない。

スミエは少し不安を感じていた。

ダイゾーの発案により、キップルのAIとして甦った「田中角栄」に演説と講義をしてもらい、それをリアルタイムでネット配信するという試みは、想像以上の反響を呼んだ。

約1000万人というフォロワー数。真剣に討論に参加している人たち。

ニュースでも取り上げられていて、新聞でも新たな政治の形などと論評の対象になっている。

支持者たちのなかでは興奮した意見がいくつも出ている。

「天才が甦った。『日本列島改造論』の現代版だ」

「『日本ゼロ計画』をぜひ実現しなくては」

まったく新しい「田中角栄ブーム」あるいは「政治ブーム」とさえ呼べるような事態が起こっていた。

次の日、スミエは政治研究会の部室にやってきていた。集まった部員たち、ダイゾー、セイラ、それから四人の部員、そしてジュンもいる。

結局、東都大学政治研究会としては、SNSを通じて発信するにとどめることになった。

話し合いは終わりになった。

電車を乗り換えて、シートに腰掛けるスミエ。キップルの「田中角栄」が言っていることは、少し強引なところはあるけれど、理にかなっているとも思う。

実現すれば、……日本は変わるかもしれない。

疲れはてたサラリーマンや、一人でスミエを育てあげるために苦しい思いばかり背負わせてしまった母のような女性が、暮らしやすい、生きやすい社会をつくれるかもしれないのだ。

キップルの「角栄」が私に教えてくれた。

なぜ、ゼロ計画「壱の剣」を「なでしこ」構想というのか？

この国は、サムライの国ジパング……ではない。

サムライたちの社会を、縁の下で永らく支え続けてきたのは、日本の女性たちなのだ。

家のこと、夫の両親の世話や介護、家事に子育て、……すべて、現代に至るまでの気の遠くなるような長い歴史の中で、女性たちが取り組んできたものだ。

誰にも何の評価も報酬も受けることなく。

それが、現代の日本の介護や育児などの問題に繋がっているのだ、と「角栄」は言っていた。

ここはサムライの国ジパングではなく、なでしこの国ジパングでもあるのだ、と。

ようやく、サムライに尽くしてきた女性たちの長きにわたる苦労が報われる時がきたのだ、と。

スマホに着信がありスミエは我に返った。見るとダイゾーからのＳＮＳのメッセージ。

「テレビは近くにあるか？　すぐフジヤマテレビのチャンネルを見るんだ。こりゃ、大事件だ」

ホテルの会場をつかって、記者会見が行われようとしている。

広い会場の奥に看板がかけられており「新・田中角栄派設立会見」とある。

ほとんど満席になっている会見場。

司会の男がマイクを取り上げると、急に会場が静まりかえる。

野党の若手議員の数名が集まって行われた記者会見で発表されたのは、新しい派閥を結成するという設立の宣言だった。

野党所属の元弁護士である国会議員が派閥代表になる。与党からも数名の議員が参加する、いわゆる超党派の集まりである。

いわく、今、日本には多くの問題がある。

しかし、山積した問題を解決するアイデアがある。思いもよらない人物の発案だ。

その人物とは、ＡＩとして甦った「田中角栄」。

動画で生き生きとした表情、振る舞いを見せるその姿は、ただのＡＩにはない説得力があった。実際その時代を覚えている層は熱狂的に支持している。

この流れに乗って、「田中角栄」の発案を実現化するべく、政党、政治団体はもちろん学者や有識者、ＮＧＯ団体まで広く人材を募集し、新しい超党派チームを立ち上げようというのだ。

チームの名前は「新角栄会」。

チームの代表は宣言する。

「新たな維新の時代がやってきているのです。今の日本の閉塞感を打ち破るのは、ＡＩという高度なテクノロジーの国からやってきた新たな黒船、ＡＩの『田中角栄』なのです」

ざわめきを抑えながら、代表は太い声を張り上げる。「我々はその革命的な提案を実現するため、『日本ゼロ計画』を政策の柱と位置づけ、次なる総選挙をもって民意を問いたい。我々は新たな政党を立ち上げる」

おお、と会場から声が上がる。

「我々は門を閉ざさない。『田中角栄』の意見に賛同し、一緒に日本を変える、維新の志士となるための人材を広く募集します。サイトからの応募もできます。ぜひ参加してほしい」

そう言うと、大きな拍手が沸き起こったのだった。

いつの間にか暗く厚い雲が空を覆っていて、ぽたぽたと雨が降り始めている。

……これからすごく荒れるみたいだ。

遠くで青い雷光が覆いつくす雲々を照らした。雨のにおいが強くなってきていた。


「田中角栄」！　国会で暴れる！


人工知能研究会の部室が騒がしい。

テレビ局の腕章をつけたスタッフたちが、機材を持って走り回り、キャンパスの一角を報道車が占拠することになった。脇に目をやると、道行く学生にリポーターがマイクを向け、現地報道のカメラを回す局もある。

ＡＩが国会に「参考人招致」されるという前代未聞の事態になったのだ。

しかし、基本的には人工知能研究会のコンピュータに繋がれたキップルに連動した画像にすぎない。そこで、直接カメラを入れ、国会の議場のスクリーンにＡＩの「田中角栄」を映し出しそこで質疑応答を行う、という案が採用された。

ところが、この国会への参考人招致でＡＩの「田中角栄」は大事件を起こしてしまうのだ。

国会の議場にあるスクリーンに映し出されたキップルのＡＲは、在りし日の総理大臣だった田中角栄そのものだった。

ざわめきが漏れると、「角栄」は議員たちを見下ろして、不遜な表情を作った。

そして議長から紹介されると開口一番、こう言い放った。

「ワシは『田中角栄』である。因果なものだが、思いもよらんことで今、ここに甦った」

老齢の議員たちが、すごい、本物だ、田中先生、などと口々につぶやく。

それから、突然言い放ったのだ。

「おい！　お前ら！　一体どうした？　それでも、万民から選ばれた選良たる国会議員か？首相官邸や経済財政諮問会議などの意向をくむだけだったら、誰だってできることだ」

しゃがれた声が鋭く飛ぶ。いきなりの発言に、国会議員たちは息を呑んだ。

「今の日本の政治や役所の腐敗は、そういった右向け右の国会議員たちの姿勢から出ていると思え。すべてがリーダーたる自分たちの身から出た錆という意識をもつのだ」

ARの「角栄」はそう言うと、拳を振り上げた。

「国会議員も役人も、官邸や諮問会議の単なる言いなりでは、国民のリーダーは務まらんだろうよ。保身ではなく、国民の生活のために戦う姿勢を、多くの人々に見せつけるのだ」

「角栄」は何度も大きくうなずくと、与党議員たちに向いていた体を反転させ、次は野党議員サイドに向けて言い放つ。

「そして、おい！　野党連合！　お前らもしっかりせんか！」

ニヤリと凄みのある笑みを見せた「角栄」が目をやって、小さく首を振った。

「昭和の時代の社会党や民社党は、本当に凄みがあった。しかしお前らは、マスコミの後追いしかできていない」

一呼吸おいて、「角栄」は続ける。

「与党と異なる新しい未来政策を打ち立て、そして時代に合わない法律や制度の不備を日々、洗い出し、国会でそれを丹念に追及し、与党にぶつけ、この国の政治と政策を正すのだ」

振り上げた拳を叩きつけながら、「角栄」は言う。

「日本政治を動かしているのは、与党にあらず。我々野党である！　という強い姿勢を国民に見せなければ、半永久的に現与党の政権が続くだろう。もっと日本の政治を活気づけるような強い野党になれ」

そして、正面に向きなおるとその場にいる全員に言い放った。

「落選を恐れるな！　ワシだって落選くらいしとるし、カネやらオンナやらのスキャンダルにも見舞われておる。しかし、信念を訴え続ければ、二度、三度と辛酸を舐めても、必ず、人々の心に声が響き渡るときがくる。必死にやっていれば、必ず、道は開ける！

その境地に達するまで、這ってでも前進するのみなのだ！　まさに、人の一生は重荷を負うて遠き道を行くがごとし。急ぐべからず。不自由を常と思えば不足なし。勝つ事ばかり知りて、負くること知らざれば害その身にいたる。ということに尽きる」

そう言って、最後は、「徳川家康公の遺訓」まで持ち出す始末だった。

学食においてあるテレビに映し出されていた国会中継を見ながら、スミエはあんぐりと口を開けたまま動けなくなった。

「……な、な、な、何言っちゃってんの、ちょっと、キップルっ！　国会で言いたい放題とか、どんだけよ！　もう！　調子に乗ってんじゃないわよ！」

思わず口から声が飛び出した。しかし、食堂にいた学生たちは、みな呆然としていてスミエの声など気にならない様子だったのが幸いだった。

テレビが映す議場では、議長が打ち鳴らす木槌がカンカンと響く中で、もみ合う議員たち、張り裂けんばかりに声をあげる議員に天を仰ぐ議員と、大混乱だ。

しかし、この日の「角栄」の言動は、ＳＮＳの配信を見ていた者や、中継を見ていた国民たちには好評だった。

――よく言った。さすが「田中角栄」！

――俺は支持する。腑抜けた政治家なんていらない
――与党も野党もこれで目を覚ましてほしい
SNSへの投稿はおおむね賛成の意見ばかりだ。もちろん、「調子に乗るな」「おもちゃ風情が何様だ」という反論もあった。国会は大混乱。こちらは、いわゆるSNS大炎上の騒動である。

そして、大手新聞社が行った世論調査が行われた。

そこで「角栄」がSNSで発表した「日本ゼロ計画」や、国会中継で発言した考えに賛同する「新角栄会」への支持率が70％を超えたのだ。反面、現在の内閣や既存の政党は軒並み支持率を下げることとなった。

ここに至って、新角栄会が目指す次期衆院解散総選挙、そして新政権の構想が一気に現実味を帯びてきたのである。

この世論調査の影響もあり、与野党問わず多くの国会議員たちは、「角栄派」かそうでないかに、完全に色分けされてしまったのである。

AIの「田中角栄」の、国会での過激な発言で大きな反響を引き起こすという「巧みな手法」によって、政治家たちは政治的な「分断」を図られてしまったのである。

「田中角栄」の影に怯える政権！

内閣総理大臣の阿久尾毅志は苦いコーヒーを啜っていた。

「……『田中角栄』か。……まったくもってふざけているな。あの昭和のブリキロボットめ」

ここ数日、頭から離れないあのＡＲの顔がまた頭に浮かんでは、ときおり苦い顔になる。

「角栄」の国会の発言を元にした戦略により、すっかり分断されてしまった与党、現政権は危機感を強くしていた。

最初は、ＡＩロボットの「おもちゃ」だと油断していたのだ。

ところが、その「ブリキロボット」が多くの有識者たちの予想を覆したのである。

ＡＩの「田中角栄」が、既存の政治家が力を振るうときに使う「カネ」も「人脈」も一切使わずに、その「知能」だけを武器に大衆を惹きつけるような「新たな政策や戦略」を打ち立てた。

そして「巧みな演説力」に加え、この時代の影響力の強いネットやマスコミをうまく味方につけ、さらに駆使しながら、あれよあれよという間に支持を集め、世論を味方につけてしまったのだ。

さらには、与野党の議員たちをも「分断」してしまった。

つまり、単なる知能があるだけにとどまらず、人間を動かす術にも長けているのだ。

「人を動かすなど、ＡＩにはできることではないだろうに」

しかし、人間関係や人心という数字とデータだけでは読み解けない「機微」の部分まで、あの「田中角栄」はしっかり掴んでいるように感じるのだ。

阿久尾は背筋に寒いものを感じて、コーヒーを一息に飲み干した。

「……座して見守る段階は、もう終わりだな」

同じころ、一人の老人が拳を握りしめていた。

「『田中角栄』を名乗る『玩具』などに、好きにさせてはならん」

苦々しくつぶやく声を聞いた周りからも、賛同の声があがる。

「宗主様のおっしゃる通りです」

「……確実につぶせ。よいな?」

宗主と呼ばれた老人に声をかけられ、若い男はさらに頭を低くした。

廊下を去っていく宗主の足音が遠ざかる。


その名は、「天上宗界」


天上宗界はいわゆる宗教法人だ。普段は目立たない、大人しい宗教法人とされている。

しかし、信者の数は日本国内にとどまらず世界で数百万人ともいわれている。その信者は金融、マスコミ、広告代理店、情報産業などの、あらゆる企業の役員として入り込んでいた。

その信仰をもとにして隠然たる影響力をふるっているのである。

例えば、ネットワークを利用し、政治への口利きや、公共事業で優先的に事業を引き受けることもある。関連する病院でも、厚労省の監査があるようなないような非常に緩いものだった。こういった様々な公共事業や、国や自治体の公的保険事業などで優遇を受けて資金をつくっていた。そして、その資金を利用して新たな協力者を作り、勢力を伸ばしているのだ。

天上宗界の罠

久しぶりに食堂で顔を合わせたセイラが、スミエにスマホの画面を見せる。

そこには、「新角栄会の幹事長、愛人との密会」と書かれたスクープの記事が載っている。

スミエは表情を曇らせる。

「まあ大勢の人が集まれば、何人かは後ろ暗い人っているでしょ、普通に」

そう言いながら、食堂の入り口近くにある大きなモニターをみやる。ニュースキャスターが深刻な顔で解説をしている。

「この新角栄会所属の議員なんですが、かつて汚職を疑われた過去もありました」

その発言に解説の男性が顔をしかめて言う。

「結局、目立ちたい、功名心にはやった人間の集まりなんですよ、この新角栄会っていうのは」

学生たちはニュースやワイドショーには目もくれず、スマホをいじったり、おしゃべりに興じたりしている。

明らかに、あの国会中継があったときと温度が違う気がする。皆、一気に興味をなくしていて、昔のように無気力な学生になってしまったようだ。

それもそのはず、立て続けに新角栄会の顔ともいうべき政治家や有力者たちの汚職事件、愛人の存在、過去に起こした疑惑、金銭関係のトラブルなどが取り上げられた。注目を集めていただけあって、スキャンダルもまた広がるのが早かったのだ。

なぜ、良識ある政治家は消されるのか？

雲が流れて月明かりが不意に途切れて、暗くなる。大学からの帰り道を歩くスミエが、人気のない住宅街でふと立ち止まる。

こつこつと靴音が響いているが、その音が次第に速まり、やがてスミエは走り出す。家に帰り着いたスミエが呼吸を整えながらスマホを見ると、セイラからのＳＮＳのメッセージ。

「なんか誰かが尾行してるみたいな気がするんだけど。ちょっと怖いから、友だちに送ってもらうことにした。そっちは大丈夫？」

慌てて玄関の鍵を閉め、チェーンをかけてその場にしゃがみ込んでしまうスミエ。

ちょっと、これって……。震えが止まらない。

社会公正党、新田中派の論客と言われている野党の若手議員は党本部からの帰り道、ハイヤーの後部席で、いつものように資料を読んでいた。

また、同じころ、自由民権党所属のある与党議員は、新田中派を指示するNGOの代表との会食に訪れていた。

だが、そんな日常の送迎や会合の最中、「新角栄会」の議員たちは、次の瞬間に忽然と姿を消したり、あるいは交通事故死するという不遇に見舞われていた。

しかし、ワイドショーでは、不審死の件でなく、新角栄会のスキャンダルを連日大きく報じることに偏るばかりだった。まるで、裏の何者かに操られるように。

ほくそ笑む首相官邸と側近の官僚たち

首相官邸に詰めかけた報道陣を前に、阿久尾は会見を開いている。

「総理、あの『田中角栄』や新角栄会への批判が続いておりますが。今後また国会に『参考人招致』する予定はあるのでしょうか?」

阿久尾は大きな瞳に笑みをこらえながら、わざとらしく神妙な面持ちで言葉を発した。

「いやいや……それは、ありえないでしょう。

まあ、なんといいますか。やはり、『田中角栄』サンとその派閥の方々っていうのは、現代にそぐわない非常に古い政治家であって、まあ、はっきりいって昔からカネやオンナにだらしないと耳にすることが多いですな。国民が期待していただけに、非常に残念ですなあ」

そう言うと、またこみ上げてくる笑いを必死に抑える。

するとまた、記者たちが発言を求めて手を挙げた。

会見終了後に官邸内の自室に戻った阿久尾に、秘書官が笑いかけた。

「……ぷぷぷっ、これであのニセ角栄も新角栄会も終わりですね、総理。近く、赤坂見附あたりで、慰労会でもパアーッと執り行いましょう」

「おう、そうだな。……これで少しはゆっくり眠れそうだ」

阿久尾は頭のなかから、あのARで映った「角栄」の顔をすっかり消すことにした。

スミエは授業後にまた、人工知能研究会にやってきていた。

ジュンはいなかったが、キップルと少し話がしてみたいと思ったのだ。

今の学生たちの態度、スキャンダルの数々、一気に減ったフォロワー……。

それをあの「田中角栄」がなんとも思わないわけがないと思ったのだ。

ジュンに教わった手順で、キップルを起動させるスミエ。

「おはよう」

そう声をかけると、二度まばたきをしてスミエの顔を確認し、キップルは顔を上げた。

「おはよう、スミエ。表情が暗いが、なにかあったのかね」

優しい声で話しかける「角栄」。

「情報は収集しているんでしょう？　だったら、今の状況がわかるはずでしょ？」

「スキャンダルの起きた場所、特ダネをとった報道機関、アンチを宣言しているタレントや知識人、事件を発見した人物、これらをネット上で精査した」

「角栄」は静かな口調で、淡々と話した。スミエは小さく身震いする。

「これは、……天上宗界の仕業だ」

スミエは首をかしげるが、その名前は聞いたことはある。

「それって、新興宗教だっけ？　近所にもたしか教会があるなぁ」

「事件やスキャンダルのあらゆるところに、天上宗界の関係者がいる。何らかの関与があるのは疑いない。それどころか、高い可能性でここが黒幕だ。

ワシは引き続き情報を集めてみる。ネットワークがどこにあるか、資金の流れやこれまで関与が疑われる事件など、天上宗界を洗ってみよう」

うん、とうなずくスミエ。

「反撃だね」

「そんな勇壮なものではないが、ワシを信じてくれている人もおる。裏切るわけにはいかん」

力強く請け負って、わざとらしく胸をたたく「角栄」を、スミエは笑顔で見つめる。

そのとき、荒々しく研究会の扉を開ける音がする。

驚き振り返るスミエに、黒尽くめの男たちが襲いかかってきた。呆然として動けない腕をひっぱりスミエを拘束する。

「動くな。静かにしていれば危害は加えない」

「どうするつもりなのっ」

スミエが男に聞くと、男は答えず拳銃を押し付けてきた。

四人の男たちが去ろうとすると、スミエはふと気がついて言った。

「大倉先輩……？」

男は動揺しながら、ため息をつき、そしてマスクを外したのだ。

「な、なんでわかったかなー。だいたい、こんなところに何しにきてたんだよ、スミエちゃん」

そこに現れたのは、あのダイゾーだった。


なぜ、親友は裏切ったのか？


スミエはダイゾーを睨みつけた。

「匂いです。先輩のつけてる香水、ほかで嗅いだことがないんで」

ダイゾーはやれやれと演技がかった態度で肩をすくめた。

「洗脳されてるんですか？　目を覚ましてよ。大倉先輩」

強く言うスミエに、ダイゾーは苦笑する。

「悪いな、スミエちゃんとキップル。これ以上、調べてもらっちゃ、こっちも身が持たないんだよ」

「どういう……」

「怖いおじさんたちに、オレのほうが消されるってことさ」

「先輩も天上宗界の関係者っていうことですか?」

ダイゾーは答えず、かといって否定もせずに苦笑する。

先にいけ、と男たちに指示を出したダイゾーは、スミエに拳銃を突きつけながら言った。

「言い訳させてもらうとな。もともとオレは天上宗界の人間なんだよ。オレの親父、それから爺さんもな。爺さんは角栄の子分だったんだぜ? まあ、親子三代の信者なんだ」

「……そんなの」

「爺さんは角栄の子分として、閣僚になるはずだったんだ。けど、角栄の失敗、ロッキード事件っていう収賄事件に巻き込まれて失脚した。まあ、そんなんで角栄のことをずっと恨んでいたんだよな。だから言うなりゃ、田中角栄はオレの爺さんの敵ってわけで」

軽い口調ながら、目は真剣なダイゾー。しかし、スミエは首を振って大声を出す。

「なにそれ、ただ単に田中角栄にすがってただけでしょ。人のせいにしてるだけでしょ」

口を塞ぐダイゾーが、苦笑しながら小さく首を振る。

「まあな、何とでも言ってくれ。もう二度と会うことはないだろうし。じゃあな。スミエちゃん、キップル」

ダイゾーに引っ張り上げられ、拳銃を突きつけられたまま外に出ると、一台のバン。

開けたトランクに、スミエとキップルは押し込まれた。

間一髪

車がカーブを曲がるたびに、スミエはトランクの壁に押し付けられた。

すると、急にぼんやりと奥に詰め込まれたキップルの起動ランプが光る。

「なんだダイゾーのやつ、こんなんなら、札束でも握らせておくべきだったな。まあしかし、裏切るやつってのは、いくら札束握らせても、結局仕舞いには裏切るんだがな。アイツの祖父の大治郎にもたしか昔、相当握らせてやったのを覚えとるわい。昨日の友は、今日の敵。政界では当たり前だ。スミエもよく覚えておくんだな。はっはっは」

「角栄」はそう言ってわざとらしく笑い声を立てた。

「そんなの覚えておいてどうするのよっ」

一時間も走っただろうか、車が止まったあと、バタバタと出ていく音がする。

ここが終点なのかな？　そう思うと震えがさらに強くなる。やがて、ゆっくりと車が動いたかと思うと、急に宙に浮いた感じがした。思わずスミエは悲鳴をあげたが、そのあと大きな衝撃を受けた。「ゴボゴボ」と不気味な音がする。どうやら、水に落ちたようだ。

「海に沈められるの？　ちょっと、ヤダ、ヤダ、死にたくないっ」

大声で叫び出そうとしたそのとき、トランクがいきなり開いた。

「スミエちゃん、キップルっ」

トランクを開けたのは、なんと、速水ジュンだった。

沈みかけた車から、引っ張り出されるスミエ。そして、キップル。

埠頭の隅に泳ぎ着き、どうにか登ったジュンとスミエ。

「ありがとうございます！」

スミエはジュンに抱きついた。

「怖かったね。遅くなってごめんね」

ジュンも優しく慰め、言葉をかける。冷たい海水が服からしたたり落ちていた。

しばらくするとキップルがつぶやいた。

「……いや、スミエ、もう、三分は経ったぞ。抱きつきすぎじゃないのか」

二人はふと我に返って離れると、ごめん、こっちもごめん、と赤い顔で呟いた。

キップルの「角栄」が拉致されたことを監視カメラで知ったジュンは、急ぎ車でGPSを追ってここまでたどり着いたのだった。

翌日、念のために病院で検査を受けていたスミエは、ダイゾーが逮捕されたことを知った。

新たなる陰謀

研究室に帰ってきたキップルを整備したジュンは、忙しくキーボードを叩いている。

キップルから頼まれて、「ハッキングプログラム」や「追跡プログラム」をコンピューター内にインストールしていたのだ。

天上宗界をさらに調べていくと、どうしても通常では入れない口座のコードがある。それを追跡するためのツールがほしいというのだ。

捜索を続けるキップルの「角栄」。

パナマ、バミューダ、いわゆる「タックスヘイブン」（租税回避国）などを経由し、複雑になっている。いくつもの、世界中のサーバーを経由し、多くのファイアウォールを突破するなかで、「ジョーカー」というキーワードにたどり着いたのだった。

数日後、ジュンは授業に出ている間に、キップルの人形部分の充電をさせることにした。

ちょうど昼食が終わるくらいの時間に、突然、キップルが爆発した。

放課後にやってきたスミエが、キップルの惨状を見て崩れ落ちた。

「……そんな……な、なによこれ。誰がこんな……」

しかし、ジュンは慌てていない。

「大丈夫だよ。スミエちゃん」

顔を上げたスミエに、ジュンは説明してくれた。

あの事件のあとに、黒い人影を感じていたキップルとジュン。新たな刺客が迫る中で、二人は作戦を考えていたのだ。キップルのデータは、全て別のコンピュータにバックアップされており、別に作成していたキップル2号機もあったことから、あっさりとキップルは復活した。

よろこぶスミエに「ワシは不死身だからな」と笑うキップルだった。そして、天上宗界と合わせて、この事件に関わった「黒い人影」を調べた。

やはり、「ジョーカー」というキーワードがでてきた。

なんであれ、殺人や爆破をいとも簡単に起こすような人物や闇組織に、戦慄に近い恐怖を覚えたのだった。

苛立つ米国大統領と「切り札」のカード

日本が、やれ「宗教法人」だの「学校法人」だの、政治スキャンダルでワイドショーが騒いでいる最中……。

時同じくして、太平洋の遥か遠い対岸にそびえる大国、アメリカ。

米国大統領のトランプスは、日本に対しての貿易赤字、とりわけ米国で大量生産される農産品や畜産品について、日本市場が自由に開放されないことに苛立ちを覚えていた。この数十年にわたる問題をどうにかできないかと、試行錯誤を繰り返していた。

そして、この件に関して、ホワイトハウスにある重要人物が招かれていた。

トランプスには、多くの実力を持った「友人」がいるが、中には大統領ファミリーの一部にしか知られていないような者もいる。

その一人に、「ジョー・カーライル」という男がいた。

いかにも米国人の大物投資家のような風貌で、ブロンドヘアのオールバック、そして、ストライプのスーツがよく似合う背の高い男で、見かけは若いが、年齢はトランプスよりもやや上であった。

「久しぶりだな。トランプス。いや、大統領と呼ばないといけないな」

「おお、……プレジデント。よく来てくれた」

ジョー・カーライルは、トランプス大統領にとって、ビジネスや人生での友人であり、最高のアドバイザーであり、このカーライルという人物なしでは、トランプス大統領の誕生はおろか、トランプスの様々な成功もなかった。

要は、トランプスにとって、それだけ重要な人物というわけである。

旧知の仲であり、元々、カーライルはトランプス大統領のことを「ファーストネーム」で呼び、逆に、トランプスはカーライルのことを、尊敬の意を表して昔から「プレジデント」と呼んでいた。

トランプスは、早速、日本への本格的な市場開放への胸の内をカーライルに伝えた。

カーライルにとってもトランプス大統領は「友人」であり、また、アメリカ合衆国政府は、長年、ビジネスを行ってきた「パートナー」であり、同時に、様々な案件の「クライアント」でもあった。

「だいぶ手こずっているようだな。トランプス。

……それでは、正式に、『クライアント』であるアメリカ合衆国から新しい『オーダー』を頂いたということで、こちらで『プロジェクト』を進めるとしよう。

今回の報酬については……不要だ。このプロジェクトが終われば、事実上日本という国の『オーナー』は我々『ジョーカー』ということになろう。それでいいんだな？」

「もちろんだ。プレジデント。正直、貴方の組織は、多少荒っぽいところもあり、不安もあるが、私も国内のいくつかの主要な選挙戦が控えており、これ以上貿易赤字について躊躇している場合ではないのだ。米国国民に対して、長年の貿易問題を解決しているという『最高のパフォーマンス』をしっかり見せつけたいのだ。

明日は我が身だからな。よろしく頼んだぞ」

カーライルは、トランプス大統領からの「ファイナルアンサー」を確認するやいなや、任務を実行段階に移すべく、速やかにワシントンＤＣのホワイトハウスを離れるのだった。

世界の覇権組織「ジョーカー」

このカーライルという男は、どの人間よりもしたたかであった。

この「ジョーカー」という組織は、姿かたちや組織名を時代とともに変えており、カーライルは、そんな闇組織でエージェントの一人から組織の最高幹部にまで昇り詰めた実力者であった。

彼は、日本や米国はおろか、国連など多くの国の国際世論の非難を浴びずに、できるだけスムーズに日本から利権を搾取し、最大の「クライアント」であり「パートナー」でもある米国と、彼の組織「ジョーカー」で利益を分け合えるような、大がかりなプロジェクトを考えていた。

何より、人類の歴史上において、「革命扇動（デマゴーグ）」や「国家転覆」「情報操作」を得意とし、さらには「資金洗浄」「闇取引」「代理戦争」「市場操作」など様々なノウハウやスキームの蓄積された「ジョーカー」にとって、不可能な任務などあり得なかった。

いまだに、日本という国は、北朝鮮問題に揺れている。そこにつけいることはできまいか？拉致問題、ミサイル実験、核実験。カーライルは、日本人の多くが、この北朝鮮に関して、何をしでかすかわからない存在、という意識があることに着目していた。

つまり、朝鮮半島と日本列島において、極めて重大な「有事」が発生したとしても、特に日本人は「北朝鮮」単独の行動としか考えないだろう。もしくは、「ジョーカー」という闇組織ではなく、ロシアや中国の影響があるのかもしれないくらいにしか思わないだろうと、踏んでいた。

そこで、カーライルは、日本の隣国の北朝鮮に目を付け、日本の約50基もの原発施設にミサイルを打ち込み、地対空ミサイル（ＰＡＣ３）の障壁をかいくぐり、その内、原発数基を破壊し、「放射能汚染」を広げ、日本の農産品や肉類、魚類に多大な影響を与えて壊滅させ、日本の農業を叩き潰し、それから、第二次世界大戦後のように、食糧や物資の「同盟国による救済」

という名目のもとに、米国のあり余った農産品や肉類を大量に日本に輸出する作戦を考えていたのである。

確かに北朝鮮は、世界的な経済制裁や国際非難の圧力は避けられないが、世界屈指の組織である「ジョーカー」との「パートナー」となれれば、世界の経済制裁以上の利益を、裏から回してもらえる。

北朝鮮の最高指導者にとっても、かのシンガポールでの米朝会談で二人の最も大きい話題となった「ジョーカー」のネットワークとは、それほどまでに魅力的なものであった。

さらに「ジョーカー」の真の「野望」は、日本の農業や食糧にとどまるものではなかった。

ジョーカーの野望

ミサイル被害を口実に、日本国民の防衛意識を高め、米国の軍事施設の日本国内での大幅増強を図ることにもある。これで、「クライアント」である米国としては、対ロシア、対中国への存在感を増すことができる。

そして、ジョーカーの最大の目的は、何といっても「日本企業」であった。

日本企業が放射能の汚染などによって、株価が暴落したタイミングで、日本企業を安く買収し、同時に、高度な日本の技術や優秀な日本人労働者を米国資本が一気に手に入れるハラなのである。もちろん名目は、すべて「愛すべき日本と日本国民の救済」という計画であった。

さらにあわよくば、日本の国債が急暴落し国家財政破綻しかければ、そのタイミングで、ヘッジファンドも含めアメリカ資本連合を一気に投入し、「日本国」そのものを買収する計画まで練っていたのである。

いわば、いま日本列島の「太平洋上」には、「日本買収のため」に世界に名だたるヘッジファンドの数百隻もの「連合艦隊」が集結し、その攻撃のタイミングの「合図」を待っているような状況であったのだ。

これが数百年、いや千年以上もの間、この長き人類史上に様々な大国を裏から操作し、アメリカ建国以前の先住民たちを「銃」で殺して押しのけ、日本では「明治維新」での「アームストロング砲」あるいは「大坂冬の陣」などでの「カルバリン砲」などの新兵器提供を巧みに行いながら、その国の歴史と権力を操り、君臨してきた真の世界覇者。

恐るべき、「ジョーカー」の戦略ともいえよう。

「田中角栄」の最大の敵

一方で、天上宗界の裏口座からコードネーム「ジョーカー」を探っていたキップルとジュン。

北朝鮮のミサイルシステムのメインコンピュータである「ジョンウル」にアクセスしているコードが、「ジョーカー」に似ていることを、ついに突き止めたのだった。

そして、ついに、最高幹部「ジョー・カーライル」の名前までたどり着いたのである。

「角栄」は、この「ジョー・カーライル」という男に覚えがあった。

かつて、田中角栄が総理就任時代に、米国サイドの重要人物ということで、一度、若きジョー・カーライルと非公式に会食をしたことがあった。

そして、様々な政治に関する注文をつけて、常に米国との関係を重視し、独自の思想や行動を慎むように忠告されていたのだ。

角栄は、得体の知れない恐怖を感じながらも、

「まったく！　あの青二才が。こっちがおとなしく黙って聞いていれば偉そうに何をペラペラ言っとるか！

所詮は、米国政府の回し者に過ぎまい。ワシは、あのロシアの『ブルジネフ』書記長とも互角に渡り合っとるのだ！　この国の責任者はこのワシだ！　日本の政治はワシが決めるのだ！」、という強い自信もあり、若きジョー・カーライルの警告を突っぱねた。

しかし、その自信は「仇」となってしまった。田中角栄の最大の功績の一つである、「日中国交正常化」について、それが米国無視の政治行動であるとして怒り、米国サイドは、「ジョーカー」に依頼し、田中角栄の政治的に抹殺することを図ったのである。

こうして、当時、アジア太平洋地区の責任者であった「ジョー・カーライル」の計画のもとで、「田中角栄抹殺計画」と称して、軍需企業、総合商社、マスコミを巧みに利用して、「ロッキード事件」へとつなげていったのである。

こういったジョー・カーライルの巧みな手法や多くの功績もあり、元々の組織の名前を彼の名前になぞって「ジョーカー」に変えたとも言われている。

「角栄」、因縁の再会

ジパングの若者たちから譲ってもらった「ハッキングプログラム」や「追跡コード」はその力を発揮し、鋼鉄の厚い壁のようなファイアウォールをかいくぐった。

そして、ついに、ジョーカーの司令室とネットでつながったキップルたち。

「久しぶりだな。……ジョー・カーライル」

司令室の小さなモニターに、ネットを通じて「角栄」の顔が映し出される。

カーライルは驚きを隠せなかった。

「……お、お前は、たしか、日本のカクエイタナカ。……志半ばで、すでに死んだはずではなかったのか？　……これはいったい、どういうことなのだ？」

「ワシは、最先端の人工知能のチカラで甦ったのだ」

「な、なんだと？　……あいかわらず、日本人のやることなすことは、まったく理解ができないものだな」

「角栄」がここまで至った経緯を話すと、カーライルは青い目を大きくした。

「なに？『天上宗界』の情報からここを突き止めただと？

それは、下っ端のエージェントたちが日本でつくった我々の『資金回収組織』のカルト集団のことか……。

まさか、そんなところから、ここまでたどりつくとはたいしたものだ。

まさに『アリの一穴』とはこのことだな」

あの日本政府を裏で動かす「天上宗界」すら、ジョーカーにとっては、日本国の財産を管理したり、あるいは、剥奪する「資金回収」の末端組織に過ぎなかったのである。

「……しかし、『アトランティス計画』は、もう間もなく実行される」

カーライルはそう言った。

語られる「アトランティス計画」

「北朝鮮のミサイルによって原発を破壊された日本は、核汚染され、農産品はおろか企業も国家すらも我々の手に落ちるだろう。

そこで、優秀な日本人はアメリカ本土に送り、そうでない者たちは日本列島に残して、米国の軍事施設建設や工場で働いてもらう。

当然、日本の工業や農業などの技術についても、全て根こそぎアメリカ本土に持っていく。

そうだ。つまり、これで日本は、いよいよアメリカ合衆国の52番目の州になるのだ。アメリカ合衆国のジャパン州にな。

優秀な人間はアメリカ本土に集め、様々な成果を出してもらう。だが、そうでなくなった人間は、『ジャパン州』にアメリカ本土から『移送』されることになる。

つまり、日本列島は、軍事施設中心の島々となり、そこに住む者は、安価な工場や施設で働き、そうでない者は、共同生活施設で暮らすことになるだろう。

『ジャパン州』は、貧しい者や弱者や高齢者ばかりになってしまうが、逆に、アメリカ本土は若い人材と活気にあふれ、常に洗練され、社会保障や年金の心配のいらない、世界最強の国であり続けることができる。

太古の地球上に存在した『超文明国であり超大国アトランティス』の復活。

これが、我々の『アトランティス計画』だ。

だが、世界には、『核汚染し荒廃した島国日本列島の救済計画』という名目で、アメリカを中心とした資本が、さまよう日本を救うというドラマチックな展開として、国際社会に知れ渡ることになるだろう」

「……ふざけた話だ。日本を少しなめすぎなんじゃないのか？　ジョー・カーライル、……いや、ジョーカーよ。我々には、日本人の若者のつくった『チームジパング』というものがある。

普段は、おとなしくも、自分やこの国はこのままではいけないと、熱い情熱を心に秘めた若者たち。彼らがいま、本気で立ち上がろうとしている。日本の将来は、そんな秘めた情熱を持った若者が中心となって決めることだ」

カーライルは、あざ笑う。

「なにが、チームジパングだ。なにがゼロ計画だ。カクエイよ。日本などという国は、この数十年もの間、ほとんど自分自身で改革ができなかったではないか。

スキャンダルにまみれ、利権を守り、日本のリーダーたちは、保身ばかりではないか。

そういう意味では、我々ジョーカーは、日本の真の救世主ともいえるのだ。日本人が数十年できなかったことを、我々『ジョーカー』は、たったの数年で成し遂げることだろう。

そして、そのような強権の改革を望む日本人も少なからず存在することを忘れるな。

『アトランティス計画』は、日本人を導くため、そして、新しい日本が強く生き残るための『真の改革』なのだ」

カーライルは、「アトランティス計画」という「破壊と創造」によって、政治改革に行政改革、企業改革、農業改革など、これまで日本で遅々として進んでこなかった改革が、一気に実行されることを強調した。

この計画が遂行されれば、「アメリカ本土」は、半永久的に「少子高齢化」はなく、年金問題もなく、社会保障問題や財政問題などもなく、地球上の優秀な人材が次から次に、マネーを稼ぎ出し、資金の溢れる「夢の国家」となる。

日本列島には、生産性の低い人材と軍の施設や安い工場程度しか残らない。つまり日本列島がロシアや中国に襲われても、なんのダメージもないのである。

もっとも「軍事要塞列島」と化した日本がそう簡単には攻め落とせないことも計算上のことであった。これが「ジョーカー」の語る「完全国家」である「アトランティス構想」の恐るべき全貌なのである。

カーライルは言う。

「カクエイよ。日本という国は、もはや何をどうやっても助からない。やるだけ無駄だムダ。社会保障問題に少子高齢化、財政問題、温暖化による自然災害の増大など、北朝鮮のミサイル問題があろうとなかろうと、日本は自然に滅ぶ運命なのだ！

だからこそ、我々『ジョーカー』がその神となり、『ノアの方舟』となって、優秀な日本人だけは救い出して、本国で子孫繁栄させてやろうというのではないか。いずれにせよ、日本は滅亡するのだから、日本人には感謝こそされても、恨まれる筋合いなどない。そして、お前のいう『日本ゼロ計画』と我々の『アトランティス計画』というのは、完全に真逆の政策だ。

所詮、お前の言う『ゼロ計画』とは、どうしようもない弱者を助けようとする駄策に過ぎない。『弱者』は切り捨てられ、そして『排除』されるのが、世の中の自然の摂理というものだ。例外などありえないのだ」

「茶番もいいところだな。何が『ノアの方舟』だ。それは『傲慢』というものだ。ジョーカー。やはり、貴様は日本人を理解していないようだ。

日本人は弱いものや貧しいものであっても、お互いが共に助け合い、支え合い、励まし合い、そして伝統、文化や風習を重んじ、規律を守り、自分たちに合った社会を自分たちで作っていき、先祖代々から引き継がれたこの日本列島に根ざし、四季の移ろいとともに生きてゆく。

それが我々、美徳の精神を大事にする日本人というものなのだ。

貴様たちのように行き着いた国々で『ハンティング』を行い、それが終わればまた別の土地に移り住み荒らしていくような、弱肉強食の野生動物と同じどう猛な思想と、日本人の尊い生き様を同じにするな！」

激しくぶつかり合う、二人の政治思想。

しかし、カーライルは口元を緩め、不敵な笑みを浮かべる。

「……だが、お前の説教も虚しく、チェックメイトだ。カクエイ。まもなく、北朝鮮のミサイルは『バベルの炎』となり、明日の日本を照らすための新しい光となるだろう」

「バベル」とは旧約聖書における「バベルの塔」のこと。かつて、太古に栄えた傲慢な人間たちは、神の怒りをかい、人間の欲望と権力の象徴であったバベルの塔はおろか、その超文明を極めた巨大都市は、神の怒りの炎によって壊滅させられたとされる。

カーライルのいう「バベルの炎」とは、まさに北朝鮮のミサイルで日本の原発を攻撃するものであったのだ。そのカウントダウンが、いま始まろうとしていた。

最終章　列島を受け継ぐ子孫たちへ　〜国を継ぐ者

「……ジュン君はいるか？」

「角栄」が言う。

突然の反応にジュンが驚きつつ、スミエと顔を合わせる。スミエがうなずくとジュンはキップルに向き直った。

「はい。ここに」

「もはやこれまでだ。カーライルのメインコンピュータのハッキングプログラムは日本の防衛システムものっとっている。システムがダウンしていてミサイルの迎撃も不可能だとのことだ。発射シークエンスは残り五分を切っている」

「ほ、本当ですか……」

「カーライルの言う通りの展開が待つだろう。この国は壊滅し、日本は米国の支配、いや、つまりはジョーカーの支配を受け入れることになる」

スミエが叫ぶ。

「イヤよ、そんなのっ！　そんな勝手が許されるの？」

するとキップルの声が優しくなった。

「許されんよなあ。……うむ、ワシも覚悟を決めるとしよう。一つだけ方法がある。一か八かになるが」

ジュンとスミエは身を乗り出した。

「どういう手ですか？　何か方法があるんですか……」

「ま、ワシにも『親としての本分』というものがあってな」

「……え？」

「なんでもない。ジュン君、あのコンピュータ・ウイルス『役立たず』をこのパソコンで走らせてくれ」

意味がわからずジュンが顔をしかめる。

「だ、だめですよ。あれは根本からプログラムを壊します。それに感染力も高くて、そして強くて……」

キップルはニヤリと笑う。

「だからだよ。今、世界中でカーライルのメインコンピュータとコンタクトできるのはワシのみ。であれば、あの『役立たず』を感染したワシがやつとコンタクトすれば、ジョーカーのコンピュータからアクセスしている北朝鮮のミサイルシステムも感染させることができるだろう」

スミエが首を振ってキップルにつめよる。

「ダメよっ。そんなことしたら、キップルも『角栄』さんも壊れちゃう！」

「角栄」は笑う。

「しかし、他に手はない。本当にジョーカーのプランを阻止するには、それしかない。急げ、あと三分しかないぞ！」

ジュンは黙ってカバンから取り出した「役立たず」のプログラムの入ったフラッシュメモリをパソコンに差し込んだ。

「すみません。僕は……」

気がつくとジュンは涙を流していた。しかし、淡々とキーボードを打ち続け「役立たず」を起動させようとしている。

スミエはジュンを止めようと手を伸ばすが、その姿を見てそっとジュンの肩に手を置く。

そして、静かに姿勢を正し、ゆっくりと言った。

「速水先輩一つだけ……。あなたがキップルの体を作って、私が心をつくったんですよね。じゃあ、最後の起動は私にやらせてください」

ジュンは涙の止まらない目で、スミエを見つめた。

それは凛とした表情、澄んだ美しい瞳で揺るぎなく前を向く姿だった。

スミエの目に涙はない。しかしそれは涙を流してはいけない、と決意する表情だった。

ジュンはただ一度だけ、うなずいた。

「わかった。じゃあ、リターンキーを押してくれ」

スミエがジュンと席を替わり、キーボードの前に座る。

大きく深呼吸をしたスミエは、右手をキーの前に伸ばすが手が震える。そこへ、ジュンの手が伸びてそっと右手の上に重なる。

スミエはうなずき、キーを押し込んだ。

モニターに文字が勢いよく流れ、でたらめな数字がモニターを埋め尽くしていく。

「角栄」が言った。

「ありがとう、スミエ、会えて嬉しかった。さらばだ。愛する者と幸せになりなさい」

スミエは、「角栄」の別れの言葉に対して、声をしぼりだした。

「……はい。……あ、ありがとうございました……」

「ワシにしてやれることは、このくらいだ。ワシは、政治家として、日本国民を守る義務がある。だが、もっと、ワシは、お前にするべきことがあった……！」

キップルとつながっているパソコンの画面が消えた。

「角栄」は何かを、スミエに伝えたい様子であった。

なんの反応もない画面を、ジュンとスミエはただじっと見つめていた。

ジョー・カーライルは、一大ショーのカウントダウンを楽しんでいた。

「もう何をしてもムダだ」

モニターに映る混乱は、カーライルが嫌う無意味な行動に見えていた。

しかし、その無意味な日本人たちの抵抗も、そしてあの「甦った田中角栄」もこれで終わる。

そのことに、カーライルは満足していたのだ。

突然だった。

カーライルが見ていたモニターの一つが、プツリと音を立てて消えた。

「なんだ？」

せっかくのショーに水を差され、不機嫌そうな顔をするカーライル。

しかし、隣のモニターが、また隣のモニターがと、次々に消えていく。

「どうしたというのだ？」

「……ワシだよ、カーライル」

正面のメインモニターに浮かび上がったのは、「田中角栄」の顔だった。

「……まだ何か用があるのか、カクエイよ。お前も一緒に日本が滅びるのを見たいのか？」

あざわらうカーライルに、「角栄」は笑う。

「残念ながら違うな」

首を振る「角栄」。カーライルは苛立ちをかくせない。

「ここはいわば玉座の間だ。私と私に忠誠を誓う者だけの場だ。お前に立ち入る資格などない」

「角栄」はその場を見回す。そして、フンと鼻で笑う。

「笑わせる。キサマは裸の王様だな。なにもわかっちゃいない」

「お前が何を知っているというのだ」

「人間というものを、だ。キサマはこれまで大勢の人間、いや人類を操って、陥れてきたかもしれん。しかしそれですべてを言いなりにできると思うのは間違いだ」

カーライルは大きく笑う。

「生前、官僚を使い、多くの政治家の子分たちを従え日本を牛耳った男が何を言う」

しかし、「角栄」はしっかり前を見据えて言う。

「だからだ。だからこそワシにはわかったのだ。誰かに頼りもすれば、裏切りもする、情けないほど弱くもあれば、何ものにもくじけぬ強さも持つ。それが人間なんだとな。キサマにはそれがわかっていない」

「……人間がどういうものかなど、この私には関係ないことだ」

呆れ顔のカーライルに「角栄」は言う。

「キサマはだからそこまでなのだ」

「話はそれだけか？　それだけならば、去るがいい。いまいましいＡＩ風情が、その人間たちの頂点に君臨する私にコンタクトしてくるなど無礼にもほどがある」

「いいだろう。ワシもこんな暗いところでキサマと馴れ合うつもりはない。ただし……」

「くどい！　ジャマだ！」

「キサマもともに去るのだ。地獄の底にな！」

にやりと笑う「角栄」に、カーライルは不審な表情を見せる。

しかし事態に気がつく。

「……な、なんだこのプログラムは？　私のメインコンピュータに何をしている……これは、ウイルスか！　いつの間にこんな……ここまで感染するのに気づかぬとは……まさか！」

角栄の笑いが響く。

「……上手くかかったな！　そう、これがワシのフィリバスターだ。貴様に時間稼ぎの議論をふっかけたんだよ。もう遅いわい。はっはっは」

「……お、おのれ、ふざけた真似を。この私に対してフィリバスターだと？」

カーライルは完全に不意をつかれた。

現役時代の田中角栄であれば、国会で長時間の演説を行って「議事妨害」を図り時間を稼ぐ手法である「フィリバスター」など野党議員のすることだと一蹴したはずだが、この土壇場でＡＩの「田中角栄」は、何とそれを行ったのである。

「さあ、日本侵略をもくろむジョーカー、そして、我が因縁の敵、ジョー・カーライルよ。ワシと日本人すべての御来光を受けてみるがいい！」

「角栄」の叫び声とともに、カーライルのメインコンピュータが汚染され停止し、北朝鮮のミサイル制御システムも汚染により停止した。しかし、同じく「角栄」の画像も乱れて崩れ、そしてややあってから消えた。

あとにはただ、闇を映し出すモニターが並んでいる。

「……カクエイよ。……敵ながら真に見事だった。

お前はかつて、あのロッキード事件で、私にハメられ失脚したが、現代のテクノロジーによりAIとして甦って、この私に命懸けで立ち向かい薄氷の勝利を掴んだ。

……これだから、カクエイタナカは、……いや日本人というものは、決して侮れないのだ。

次こそは必ず日本と日本人を……」

カーライルはそう言って、唇を噛み締めながら、薄暗い司令室から立ち去るのだった。

今から150年前、それは、「明治維新」の前夜のことだった。

江戸では、徳川軍に対して、薩摩と長州を中心とした連合軍との決戦が、いままさに始まろうという一触即発の状況だった。

そのまま、当時世界最大級の都市である江戸で内乱突入となれば、日本は分断されてしまい、日本人同士が殺し合い、国力は著しく低下し、「漁夫の利」を付け狙う「ジョーカー」の思惑通りとなるはずであった。

しかし、坂本龍馬や勝海舟、徳川慶喜、西郷隆盛、桂小五郎たちといった当時の政治リーダーたちは、当時の上海や米国先住民の出来事を聞いて、「侵略」についてよく理解しており、ここで無駄な日本人同士の争いを起こさずに、「無血開城」という奇跡ともいえる政治決断を下して、この革命を静かに終わらせたのである。

これには、さすがにジョーカーも「日本人どもに一杯食わされた」と感じていた。

あの時と同じく、150年前の「明治維新」の日本人の奇跡を、いま一度、ここで起こしたのである。

そしてまた、この瞬間、永い人類の歴史上、「百戦百勝」のジョーカーに「土」がついたのだった。

あの、先住民たちを争わせ国を奪う代理戦争を起こし、その流れで国を乗っ取るという計画を成功させた世界覇権組織「ジョーカー」から、この日本を守ったのである。

日本人のテクノロジーで甦った「田中角栄」と、たった数人の日本人、そして、「田中角栄」こと「キップル君」をささえたチームジパングの多くの若者たちによって。

……しかし、これは決して終わりではなく、日本人すなわちチーム「ジパング」と日本を狙う世界覇権組織「ジョーカー」との「新しい戦い」の始まりに過ぎないのかもしれない。

「田中角栄」から最期のメッセージ　～父として、祖父として

夏の湿った熱い風が、夜のキャンパスを吹き抜けた。

「先輩っ、速水先輩！」

急に叫ぶスミエに驚くジュン。

「うわ、何？　急に……」

これこれっ、と言いながらスマホを突き出すスミエ。

「これって……メール？　宛名は……田中角栄!?」

「キップルが、『角栄』さんが消える前にメールをくれたんだよっ」

二人は顔を見合わせる。

そして、スミエが慌ててメールを開く。
・・・・・・・・
五十嵐スミエくん。急なことになって心配をかけた。それに、本当に世話になってしまった。一度しっかりお礼を言いたかった。ありがとう。

それと、君にはぜひ伝えておかなくてはならないことがあったのだが、二人きりになる時間が取れず、こんな最期に手紙、まあメールというやつだが、を送ることになってしまった。ギリギリになってしまったが、許してほしい。

これは、ワシがネットにある情報を元に調査し判明した。

……実は、君はワシの孫娘なのだ。

なんというか、ワシの愛した女が娘をもうけていたのだ。妻がおったので、君の祖母はワシの愛人ということになるんだが、すまん……。

ワシが総理になる当時の「総裁選」の少し前のことだ。料亭に出ていた君の祖母に一目惚れをしてしまった。年甲斐もなく日を空けずにまた通い、そして結ばれた。だが、その後ぷつっと姿を消してしまったのだ。

探してはみたものの、ついに見つからず、諦めていたのだが、まさか子どもができていたとは。もし見つけていたら、しっかり面倒をみてやりたかったし、君の母上、ワシの子にも会って謝りたかった。苦労をかけてすまなかったと。

嘘だと思うかもしれない。そんな偶然があるかと疑うかもしれない。実際には君の母上以外に世の中に真実を知る者はおるまい。しかし、一つだけ証拠がある。

君の名前だ。

ワシの名前「角栄」をもじって、「角栄」(スミエイ)、すなわち「スミエ」としたのだ。君の祖母が言っていたのを思い出して合点がいった。

「もしあなたと私に子どもがいたら、きっとこんな名前をつけます。男の子なら『角栄』と、女の子なら訓読みにして『スミエ』と名付けます」

それはいい名前だと言いながらも、アタマの中は、ポスト佐藤栄作総理の最右翼であった福田赳夫氏を如何に倒すかという「総裁選」のことでいっぱいで、聞き流していたのだ。

君の母上には恨まれているかもしれない。当然だが、君の母上からすれば、母を捨てた男、母を弄んだ男だろうからな。だから詳しくは聞いておらんのだろうと思う。

返す返すも申し訳ない。

せめてもの罪滅ぼしではないが、一つ遺産を残すのでそれを受け取って欲しい。

国会図書館で『○○○○』という本を探してほしい。その本にスイス銀行の口座と暗証番号が書いたメモが隠されている。それを受け取って欲しいのだ。

使い方は自由にしていい。

その資金で、日本を守るため政治家を目指すもよし、財団を創って社会貢献するもよし、あるいは、結婚して幸せな家庭に収まるもよし、だ。

ジョー・カーライルの野望を打ち砕くには、ワシも自らをおとりにして騙すしかなかったのだが本心を言えば、君と、孫娘と、もっともっと一緒にいたかった。君の幸せのためならば踏ん切りがついたのだ。それが、「娘や孫娘を思う父親としての本分」ってもんだろう。ワシだって政治家である前に、人の親なのだ。

スミエ、幸せになりなさい。ワシは、おじいちゃんは、君の幸せをずっとずっと祈っているよ。

・・・・・・・・

メールはそこで終わっていた。

スミエもジュンも読み終えてから動くことができなかった。

それまで泣くまいと我慢していたスミエの瞳から光るものが落ちた。そして、その光は後から後から流れ、止まることがなかった。

「……そうだったんだ……ありがとう。私の優しいおじいちゃん」

スミエの言葉が、キップルから始まったこの事件のすべてが終わった瞬間だった。

あの夏が終わってスミエはバッサリと髪の毛を切った。

肩に届くくらいの長さで、スミエの活発さによく似合って、たくさんできた友達からの評判も上々だ。

今日もジーンズをはいたスミエがキャンパスをかけていく。スミエの後ろを落ち葉が舞うように追いかけていく。

甦った「田中角栄」が日本を守って戦ったあの日から、すでに半年が過ぎようとしていた。

あのあと、スミエとジュンは「田中角栄」を喪ったショックで、一ヶ月近く大学を休んでしまった。特にスミエは、母親から自分の出自の話を改めて聞き、混乱していた。

「私には自分勝手な、権力を笠に女性を踏みにじる傲慢な男としか思えなかったのよ……」

泣きながら言う母に、スミエはなんと言っていいかわからなかった。だから、スミエが母親に「田中角栄」の話をしたときに冷たい反応をしたのかと、今になって理解した。

その「田中角栄」もときおり、思い出したかのようにニュースや新聞にキップルの事件が出るくらいで、年末とあって、特集で今年のワールドカップやらオリンピックやらのダイジェストなどに注目が集まっていた。

あれだけの騒ぎがあったというのに、東都大学のキャンパスも平穏そのものだ。

でも、スミエにはその平穏の裏に、誰かが懸命に働いていること、それを守ろうと必死になっていることを知った。そうやって、一人ひとりが懸命になって、必死に働いて、この平凡な毎日が作られているのだと。

「スミエーっ、今日、合コンに誘われているんだけどーっ」

上の階からスミエの姿をみつけたセイラが窓から叫んでいる。

「ごめーん、パス！」

両手で拝むポーズを取りながら、スミエは走っていく。

それどころじゃないんだなー、こっちはさー。早く帰って着替えてこなくちゃっ。

実は、今日はジュンとのデートの約束が入っているのだ。

いつもは学食やファストフードばかりなのに、今夜はスミエでも聞いたことがあるくらいの有名なイタリアンのお店だ。

身ぎれいにしていていてイケメンゆえによくモテるものの、研究バカで世慣れないジュンが顔を真っ赤にして言ったものだ。

「五十嵐……じゃなくて。あの、スミエ、さん。今日、ちょっと付き合ってくれないかな？」

スミエはそのときのジュンの顔を思い出して、思わずニヤけてしまう。

いや、いいもんだなあ、こういうのっ。

スミエは時計を見て、また足を速めた。

そんな年頃の二人のやりとりの最中……。

誰もいないはずの人工知能研究室の奥で、キップル君を生み出したスーパーコンピュータ「アラジン」のモニターに、文字が現れていた。

「よっしゃ！　よっしゃ！」と、まるで独特のダミ声が聞こえてくるかのように……。

普通の人々の日常生活では、誰もが知らず知らずのうちに、その水面下で多くのとんでもない物事が進んでいたりするのだが、普通に生活するのには、そんな「都市伝説」のような余計なことなど知らぬ存ぜぬくらいが丁度良いのかもしれない。

それが、さりげない平凡な生活の「幸せ」というものなのかもしれない。

夕焼けだった空は、すっかり暗くなり、都内の至るところにある明かりが、家路へ急ぐ人たちを、照らしていた。

【主要参考文献】
『日本列島改造論』田中角栄　１９７２　日刊工業新聞社
『田中角栄の新日本列島改造論』大下英治　２０１６　双葉社
『マッキンゼーが予測する未来』リチャード・ドッブス、ジェームズ・マニーカ、ジョナサン・ウーツェル（吉良直人訳）　２０１７　ダイヤモンド社
『ハーバードでいちばん人気の国・日本』佐藤智恵　２０１６　ＰＨＰ新書
『新平等社会』山田昌弘　２００６　文藝春秋
『これからの日本の論点』日本経済新聞社　２０１６　日本経済新聞社
『日本の論点２０１６〜１７』大前研一　２０１５　プレジデント社
『田中角栄１００の言葉』別冊宝島編集部　２０１５　宝島社
『田中角栄という生き方』宝島社　２０１４　宝島社
『社会保障の財政改革』明里帷大　２００５　中央経済社
『世界経済のパラダイム変化と日本の経済政策』明里帷大　２００２　税務経理協会
『バブルの経済学』野口悠紀雄　１９９２　日経文庫
『昭和経済史』中村隆英　２００７　岩波書店
『昭和経済史（上・中・下）』安藤良雄　他　１９９４　日経文庫
『プラットフォーム戦略』平野敦士カール、アンドレイ・ハギウ　２０１０　東洋経済新報

社
『戦略がすべて』瀧本哲史　２０１５　新潮社
『ビジネスモデル全史』三谷宏治　２０１４　ディスカヴァー・トゥエンティワン
「日本経済新聞朝刊」平成28年12月18日「転機の米金融政策（下）」
「日本経済新聞朝刊」平成28年8月21日及び28日「医師の目」
「日本経済新聞朝刊」平成29年7月15日「健康保険組合」
『イギリス病』Ａ・グリン、Ｊ・ハリスン　１９８２　新評論
「財務省ホームページ」日・米・英の所得税の税率の推移
『イギリスの医療制度（ＮＨＳ）改革』森宏一郎　２００７　日本医師会総合政策研究機構
『町内会』中川剛　１９８０　中央公論社
『新版 地域分権時代の町内会・自治会』中田実　２０１７　自治体研究社
「日本経済新聞朝刊」平成30年5月28日「眠る人材起こす規制改革」
「週刊現代」平成30年5月26日号「タダ乗り患者」
IEA　Energybalances of OECD Countries　2017
Japan Geothermal Power　ホームページ
「日本経済新聞朝刊」平成26年6月24日
ISEP　環境エネルギー政策研究所『自然エネルギー白書２０１７』

著者プロフィール
山嵜寿郎（やまさき　としろう）

1979年長崎県生まれ。佐世保市在住。


日本大学法学部卒業。

伊藤忠テクノソリューションズ(株)、(株)クレアンなどＩＴ、コンサル、ハイテク、エネルギー、病院や施設、Ｍ＆Ａなど20職種以上の現場を経て、多くのスキルを身につける。


十代の頃から、政府高官であった元大蔵省副財務官飯田彬氏に師事し、仕事の傍ら、松下政経塾の合宿や一新塾（大前研一塾頭）ＯＢらの勉強会などで政策を学ぶ。

その後、「内閣総理大臣を輩出する目的」で創られた出島塾（自民党長崎県連）を卒業し、同政策大会では、谷川弥一塾頭（当時文部科学副大臣）より優秀賞受賞。その他、論文や政策など表彰や受賞歴多数。

第45回衆議院解散総選挙に全国最年少の無所属候補として、29歳で出馬するも落選。

その他の選挙に出馬の経験もある。

明治維新後、有力政治家を多く輩出した吉田松陰氏の松下村塾明倫館の最後の門下生である山田顕義氏（日大創始者、元司法大臣）や永田菊四郎氏（元日大総長）の流れを汲む長崎日大高校明倫館の出身。


現在、青年会議所を経て、自治会役員や監査役（ＰＴＡ、老人会、婦人会）を務め、仕事の傍ら、社会活動や執筆活動など多岐にわたる活動を行っている。

企画協力　株式会社天才工場　吉田　浩
編集協力　堀内　伸浩
組　　版　高橋　文也
装　　幀　華本　達哉（aozora.tv）

甦った田中角栄日本ゼロ計画

2018年11月20日　第1刷発行

著　者　山嵜 寿郎
発行者　山中 洋二
発行所　合同フォレスト株式会社
郵便番号 101-0051
東京都千代田区神田神保町 1-44
電話 03（3291）5200　FAX 03（3294）3509
振替 00170-4-324578
ホームページ http://www.godo-shuppan.co.jp/forest
発　売　合同出版株式会社
郵便番号 101-0051
東京都千代田区神田神保町 1-44
電話 03（3294）3506　FAX 03（3294）3509
印刷・製本　株式会社シナノ

■落丁・乱丁の際はお取り換えいたします。

ISBN 978-4-7726-6126-3　NDC913　188 × 130